KB114222

양경 新무협 판타지 소설
FANTASTIC ORIENTAL HEROES

樂工武林

악공무림

악공무림 1

양경 新무협 판타지 소설

초판 1쇄 찍은 날 § 2014년 3월 6일
초판 1쇄 펴낸 날 § 2014년 3월 13일

지은이 § 양경
펴낸이 § 서경석

편집부장 § 권태완
편집책임 § 박은정
디자인 § 이거일

펴낸곳 § 도서출판 청어람
등록번호 § 제1081-1-89호
등록일자 § 1999. 5. 31
어람번호 § 제2-2463호

주소 § 경기도 부천시 원미구 심곡2동 163-2 서경B/D 3F (우) 420-822
전화 § 032-656-4452 팩스 § 032-656-4453
http://www.chungeoram.com
E-mail § chungeorambook@daum.net

ISBN 978-89-251-3724-7 04810
ISBN 978-89-251-3723-0 (세트)

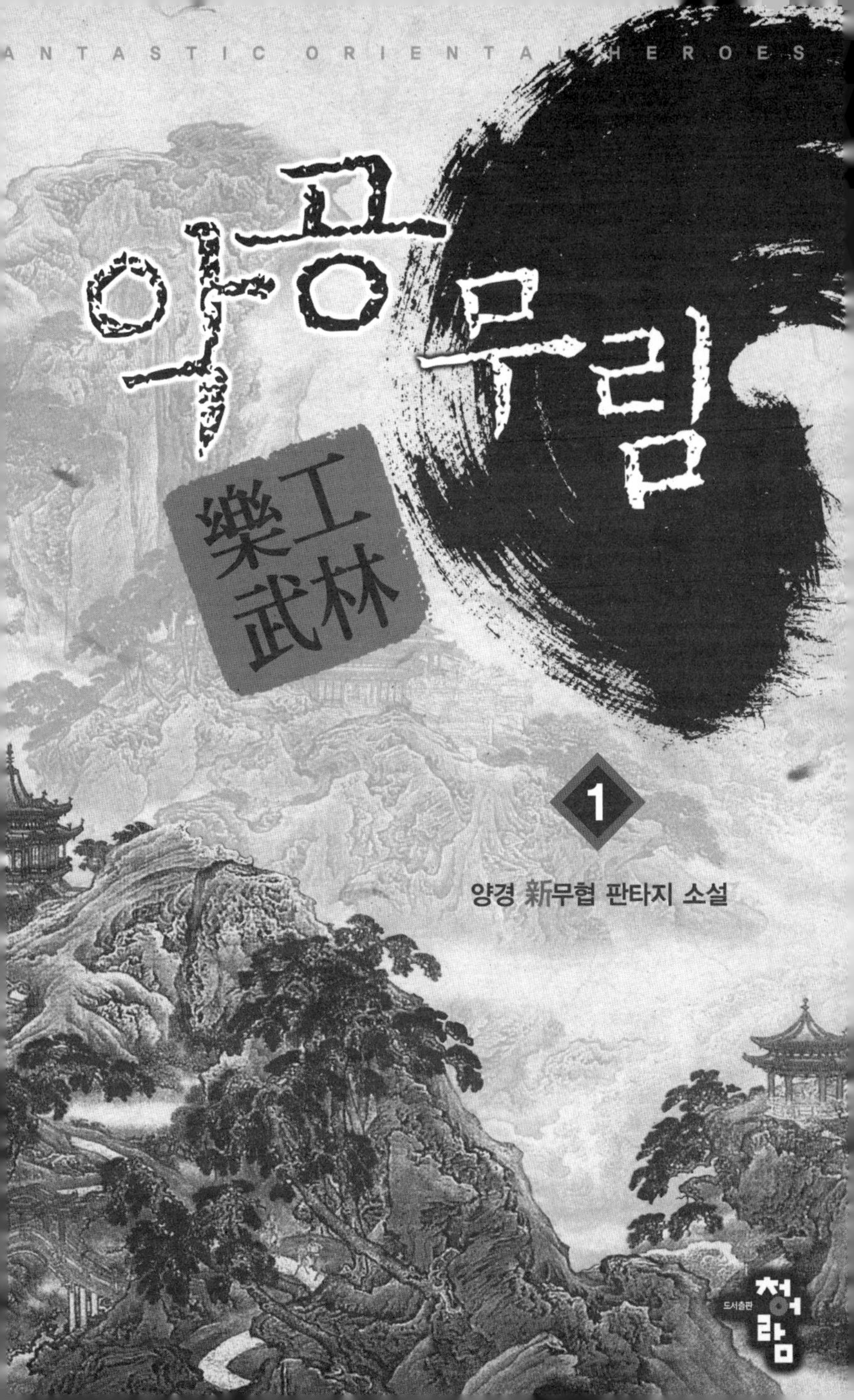
ANTASTIC ORIENTAL HEROES
악공무림
樂工武林
1
양경 新무협 판타지 소설
도서출판 청어람

인사말

안녕하세요. 양경(陽境)입니다. 전작 화산검선에 이어 이번에 선보일 작품은 악공무림입니다.

전작에서는 화산파의 맑은 소년이 성장해 나가는 이야기였다면, 이번 악공무림에서는 마음속에 아픔을 가진 악공이 세상 속에서 여물어가는 이야기를 써보고자 했습니다.

부족한 실력으로 많은 시행착오를 겪고 이제야 부끄러운 글을 선보이게 되었습니다.

이 지면을 빌려 곁에서 함께 고민하고, 함께 노력해 준 동료 작가 사도연과 다른 황금사과의 작가님들께 감사의 인사를 전합니다.

부디 이 글이 독자님들께 따스한 온기와 훈훈한 재미를 전해 드릴 수 있기를 기원해 봅니다.

서장

산중에 손자와 할아버지가 살고 있었다.

할아버지는 당대의 숨은 예인으로 이따금씩 산 아래로 내려가 음을 연주하고 양식을 얻어왔다. 조손은 그 양식으로 허기를 채우며 살아왔다.

그러던 어느 겨울날.

큰 눈이 내렸다.

허벅지까지 쌓인 눈이니 더는 마을을 오가며 양식을 얻을 수 없었다. 조손은 얼마 남지 않은 양식을 나누며 눈이 녹기만을 기다렸다. 그러나 눈은 좀처럼 그치지 않았다. 양식마저 이내 바닥을 보였다.

할아버지는 마지막 한 되 남은 보리를 솥에 삶아 손자 앞에 놓았다.

손자는 허기가 몰려올 때마다 보리를 한 줌씩 먹었다. 손자는 허기가 가시는 것이 그저 좋아 함박웃음을 지었다.

할아버지는 그런 손자를 탓하지 않았다. 그저 손자의 웃는 낯을 바라보고는 머리를 한번 쓰다듬어 줄 뿐이다. 그러나 할아버지는 보리를 먹지 않았다.

곡기를 끊은 할아버지는 허기를 달래기 위함인지 늘 거문고를 연주했다. 짙은 눈구름 사이로 해가 지고 달이 뜨길 반복하는 동안에도 할아버지의 금음은 그치지 않았다.

가혹한 겨울의 눈은 이듬해 봄이 되어서야 길을 내어주었다.

산 아래 마을 사람들이 걱정이 되어 조손을 찾아 산을 올랐을 때에도 할아버지의 금음은 그치지 않았다.

금음이 그친 것은 마을 사람이 방문을 열었을 때다. 열린 방문 너머로 보이는 방 안엔 할아버지는 없었다. 차갑게 식은 방엔 곤히 잠든 손자와 남은 보리 반 되만 있을 뿐이었다.

놀랍게도 겨우 보리 반 되로 긴 겨울을 보냈을 손자의 얼굴엔 기아의 흔적 없이 보기 좋은 윤기가 돌고 있었다.

긴 겨울 아이는 무엇을 먹은 것일까.

금음을 연주했을 할아버지는 대체 어디로 간 것일까.

마을 사람들은 의문을 품었다.

하지만 의문을 풀어줄 이는 없었다.

금음을 연주한 할아버지는 더 이상 찾아볼 수 없었고, 남아 있는 손자는 그저 긴 잠을 자고 일어난 듯 무엇도 기억하지 못하고 있었으니까.

그리고 훗날,

아이는 할아버지와 같은 예인이 되어 악사가 되었다.

제1장

궁을 떠나는 악사

樂武林

늦은 밤.

보모상궁의 낯빛은 백지장만큼이나 창백하게 얼어 있었다. 붉은 입술은 굳게 닫혀 있고, 곱게 다듬은 눈썹은 하늘로 치솟아 있었다.

그 기세에 사뭇 냉랭한 한기마저 느껴질 지경이다.

"언제부터였느냐?"

"그, 그것이……."

보모상궁의 냉랭한 목소리에 그녀의 앞에 선 궁녀는 감히 대답하지 못하고 안절부절못하고 있었다.

그런 궁녀의 모습이 답답했음일까.

보모상궁의 눈썹이 더욱 매섭게 변했다.

"어서 고하지 못하겠느냐? 공주 마마께서 언제부터 보이지 않으신 겐지 물었다!"

목소리를 높이지 않았다.

하지만 음절 하나하나에 힘을 주어 말하는 보모상궁의 어투는 충분히 그녀의 심경을 대변하고도 남았다.

그 추상과 같은 기세에 궁녀는 결국 눈을 질끈 감아버리고 말았다.

"추, 축시부터였습니다."

"아―!"

보모상궁의 입에서 탄식과 같은 긴 신음이 흘러나왔다.

공주가 보이지 않은 시간은 축시다.

그리고 이제 시간은 인시를 다 지나고 있다.

결국 보모상궁은 공주가 사라지고 두 시진이나 지난 후에야 그 소식을 접한 것이다.

"나인 효인은 어디 있느냐?"

"고, 공주님과 함께한 듯하옵니다."

"그래, 그랬겠지."

보모상궁은 자포자기의 표정으로 두 눈을 감았다.

보지 않아도 알 수 있었다

보나마나 공주가 극성을 부렸을 것이다. 나인 효인은 그 극성을 이기지 못하고 공주의 청을 들어주었을 것이다.

공주가 그렇게 극성을 부려서 갈 곳이야 뻔하다.

구중심처에서 장중보옥으로 자란 공주다. 나이도 이제 겨우 열다섯이다.

그런 공주가 야밤에 나인 하나만 대동한 채 몰래 침소를 나섰는데, 고작 궁 안만 배회하고 말 것은 결코 아니다.

공주는 궁 밖에 있다.

다행히 효인이 함께 나섰으니 적어도 날이 밝기 전에는 궁으로 돌아올 것이다.

문제는 그 과정이다.

자칫 성문을 지키는 금군에게 들키기라도 한다면 함께 나선 나인은 물론 공주를 보필하는 모든 궁인이 그 화를 면치 못할 것이다.

조급함이 밀려든다.

"결코 금의위가 이 사실을 먼저 알아서는 아니 될 것이야! 뭣들 하느냐, 어서 찾지 않고!"

보모상궁은 궁녀들을 닦달했다.

그녀의 호령에 궁녀들은 놀라 서둘러 궁 이곳저곳으로 흩어졌다.

당장의 눈앞의 보모상궁이 무섭기도 했지만, 그녀들 또한 금의위가 먼저 공주가 궁 밖을 다녀왔다는 사실을 알게 되는 날에는 자신들이 어떤 처지에 놓이게 되는지 잘 알기 때문이다.

그 탓에 그녀들은 그만 사라진 것이 공주와 나인 하나가 전부가 아니란 사실을 차마 말하지 못하였다.

아니, 거기까지 신경 쓸 겨를이 없었다는 말이 맞을 것이다.

사라진 것은 공주가 평소 아끼는 강아지였으니까.

잰걸음으로 빠르게 흩어지는 궁녀들을 못마땅하게 바라보던 보모상궁은 이내 긴 한숨을 내쉬었다.

자금성의 새벽은 고요함 속에서 빠르게 흘러가고 있었다.

＊　　　＊　　　＊

묘시 초.

어스름하게 새벽이 밝아오는 시간이다.

멀리 성 너머에서 아침을 알리는 닭 울음소리가 들려온다.

이제 곧 궁의 하루가 시작될 것이다.

궁에 거하는 궁인이라면 모두 서둘러 채비를 갖추어야 할 시간이기도 했다.

그런데 그 시간 자금성 북문 인근 화단에 한 소녀가 있었다.

아직 십대의 태를 벗지 못한 소녀는 나인의 복장을 한 채 화단 한쪽 구석에 쪼그려 앉아 슬픈 눈을 내리깔고 있었다.

"…미안……."

소녀는 그 작은 입술을 오물거리며 한마디를 되뇌었다.

두 눈은 붉게 충혈되어 금방이라도 눈물이 흘러내릴 듯 위태롭기만 하다.

그런 소녀의 손은 흙으로 더러워져 있었다. 그녀의 앞에는 갓 만든 작은 봉분이 자리 잡고 있었다.

소녀는 흙 묻은 손으로 마치 어루만지듯 봉분을 토닥였다.

"무슨 일이신가요?"

그때 소녀의 등 뒤에서 낯선 목소리가 들려왔다.

맑은 저음은 묘한 울림을 만들어내는 재주를 가지고 있었다.

놀란 소녀의 고개가 돌아갔다.

그곳에 목소리의 주인이 있었다.

사내였다. 궁에 속한 관인인 듯 붉은 관복을 차려입은 모습이다.

특이한 점이라면 상당히 젊어 보이는 외모와 그가 입은 관복은 소매를 묶어 맬 수 있는 매듭이 자리 잡고 있다는 것, 등 뒤로 낡은 거문고를 짊어지고 있다는 것이다.

놀라 동그랗게 변한 소녀의 눈이 이내 원래대로 돌아왔다.

행색으로 보아 사내의 신분이 궁에 속한 악사임은 충분히 짐작하고도 남음이다.

"혼자 있고 싶구나. 신경 쓰지 말거라."

소녀의 입에서 자연스러운 하대가 흘러나왔다.

아무리 사내가 예인(藝人)의 신분이라지만 나인이 마음대로 하대할 수 있는 정도는 아니었다. 당장에 소녀를 향해 불호령을 내려도 이상하지 않은 일이다.

그러나 사내는 화를 내기는커녕 조용히 입가에 미소를 지었다.

소녀의 하대가 사내의 눈엔 으레 소녀의 나이 대에 궁녀들이 가지고 있는 자부심으로 비친 듯했다.

사내는 그저 그런 소녀가 귀엽다는 듯 손으로 머리를 쓰다듬어 주었다.

"그렇게 슬픈 눈을 하고 있는데 어찌 그냥 지나갈 수 있겠습니까."

입으로는 존대를 하고 있지만 머리를 쓰다듬는 사내의 모습에선 마친 여동생을 대하는 듯한 친근함이 묻어나온다.

"무, 무엄하다!"

머릿결 위로 느껴지는 사내의 꺼슬꺼슬한 손 촉감에 놀란 소녀가 눈을 동그랗게 뜨고 빽 소리를 질렀다.

저도 모르게 붉어진 양 뺨은 가릴 정신조차 없는 모습이다.

사내는 그런 소녀의 모습에 또다시 웃음을 지으며 털썩 소녀의 곁에 자리를 잡고 앉았다.

그러자 사내의 눈에도 보인다.

"손이 어쩌다가 그리되셨습니까?"

흙투성이가 된 소녀의 손.

그녀의 앞에 놓인 작은 봉분.

"……."

소녀는 입을 굳게 꾹 다물어 버렸다.

어느새 눈가가 촉촉이 젖어든다.

그런 소녀의 눈에는 젊은 악사에 대한 경계심이 사라져 버린 지 오래다.

대신 그 자리에는 깊은 슬픔이 대신했다.

그렇게 얼마나 흘렀을까.

굳게 닫혔던 소녀의 입술이 파르르 떨리며 열렸다.

"…죽었어. 나 때문에."

"…누가요?"

"차우. 강아지. 나 따라 나왔다가 마차에 치여서……. 괜히 나 때문에……."

소녀는 끝내 말을 잇지 못했다.

두 손으로 얼굴을 가린 소녀의 어깨는 잘게 떨리고 있었다.

소녀의 눈앞에서 마차에 치여 죽어가던 강아지를 떠올리는 듯했다.

그 모습이 애처롭고 가냘프다.

그런 소녀의 모습에 사내는 조용히 말을 건넨다.

"아끼는 강아지였나 보군요."

"응. 제일. 아니, 친구야. 여기서는 아무도 나랑 놀아주지 않으니까."

"힘드셨겠습니다."

사내는 소녀의 어깨를 토닥였다.

소녀의 마음을 이해한다.

궁이란 그런 곳이다. 무수히 많은 이가 부대끼며 살아가는 곳이지만, 궁에는 친구도 동반자도 없다. 그렇기에 척박하고 외로울 수밖에 없는 곳이 궁이다.

특히나 특별한 일이 없는 한 죽을 때까지 궁을 벗어날 수 없는 궁인들은 더욱 그러했다. 때문에 궁인들은 저마다 마음속 깊은 곳에 세상에 대한 환상을 품고 살아간다.

더욱이 아직 여물지 못한 소녀는 더욱 그러할 것이다.

그러한 궁중의 생활 속에서 함께 정을 나눌 수 있는 존재의 죽음은 더욱더 가슴 아플 것이다. 그것은 사람이 되었든 미물이 되었든 중요한 것이 아니다.

사내 또한 어린 나이에 궁에 들어 생활하였으니 그 마음을 모를 리 없었다.

사내는 등 뒤에 메어놓았던 낡은 거문고를 무릎 위에 올려놓았다.

그리고 소녀를 향해 싱긋 웃으며 말했다.

"명색이 친구를 떠나보내는 자리인데 한 곡조쯤은 함께해야 되지 않겠습니까?"

"필요……!"

소녀가 무어라 대답도 하기 전이다.

뚱—!

낡은 거문고가 묵직한 저음을 흘려낸다.

연주가 시작된 것이다.

연주가 시작되면서부터 사내는 전혀 다른 사람이 되었다.

내내 웃음을 머금던 입가에 미소가 사라졌다. 맑은 두 눈은 반개하여 감추고, 여유가 묻어나오던 모습은 온데간데없이 사라지고 진지함만이 가득했다.

누가 보아도 단순한 마음으로 하는 연주가 아니다.

화려한 화음을 만들어내는 것은 아니었지만, 그가 만들어내는 음 하나하나는 소녀의 가슴 깊숙이 파고들었다.

'슬퍼.'

소녀는 사내의 연주에서 슬픔을 느꼈다.

소녀의 볼을 타고 눈물 한 방울이 흘러내렸다.

'내가… 울어?'

그 눈물은 소녀를 당황하게 만들었다.

소녀는 울 수 없는 사람이다. 궁중의 누구도 그녀의 눈물을 용납하지 않는다. 때문에 소녀는 말을 알게 된 이후 단 한 번도 눈물을 흘리지 않았다.

그런데 눈물을 흘렸다.

왜 그런지는 모른다.

그저 사내가 만들어내는 음률이 슬프다고 느꼈을 뿐이다.

그러나 그 이유를 알지 못한다고 하여 흘러내린 눈물이 거짓이 되는 것은 아니다.

아니, 오히려 오랫동안 참아온 눈물은 마치 둑이 터지듯 걷잡을 수 없이 흘러내렸다.

소녀의 힘으로는 흘러내리는 눈물을 막을 수가 없었다.

"히끅! 히끅! 우에에에엥! 나, 나 때문에… 나 때문에……."

억지로 울음을 참으려 입술을 앙다물던 소녀는 끝끝내 크게 울음을 터뜨리고야 말았다.

아이 같은 울음이었다.

봇물이 터지듯 터져 나오는 울음에 사내는 문득 감았던 눈을 뜨고 하늘을 올려다본다.

그리고 입을 열어 자신의 금음에 맞추어 노래한다.

위성의 아침 비 먼지 적시니
객사의 버들잎 파릇파릇 새로 돋네
그대여 다시 한잔 마시고 가게나
이제 떠나면 다시 보기 어렵다네

渭城朝雨浥輕塵(위성조우읍경진)
客舍靑靑柳色新(객사청청류색신)
勸君更進一杯酒(권군갱진일배주)
西出陽關無故人(서출양관무고인)

왕유의 송원이사안서(送元二使安西)라는 시에 곡을 붙여 부른다.

지인을 멀리 떠나보내는 왕유의 마음을 친구를 떠나보내야 하는 소녀의 마음과 같이 놓았다.

그것으로 사내의 연주는 끝났다.

사내는 갓난아이처럼 앙앙 우는 소녀를 두고 거문고를 챙겨 일어섰다.

왜인지 사내는 더 이상 소녀에게 아무런 말도 하지 않았다. 잔뜩 날을 세운 소녀의 곁으로 다가가 금을 연주하고 노래를 부른 것과 달리 그 흔한 위로의 말조차 하지 않았다.

대신 사내는 발길을 돌려 애초에 그가 목적했던 곳으로 걸음을 옮겼다.

소녀가 북받치는 감정을 추스르고 눈물을 거둔 것은 그로부터 그리 오랜 시간이 흐르지 않아서였다.

소녀는 사내부터 찾았다.

사내는 막 모퉁이를 도는 참이다.

소녀는 조급증이 일었다. 급한 마음에 급히 입을 열어 사내를 붙잡아두려 하였다.

하지만 그럴 수가 없었다.

―마마, 나인 효인입니다.

귓가로 들려오는 전음 때문이다.

소녀는 눈을 꼭 감았다.

소녀는 귓가로 들려오는 전음이 뜻하는 바가 무엇인지 알고 있었다.

"말하여라."

─곧 금의위가 교대할 시간이옵니다.

"알겠다."

이제 나인의 옷을 벗어야 할 때였다.

소녀는 이제 자신이 돌아가야 할 때임을 알았다.

나인의 복장으로 행한 잠시 잠깐의 외유도, 그로 인해 생긴 이별과 아픔도, 때늦은 후회와 찰나지간의 만남도 모두 잠시 뒤로 미루어두어야 할 때였다.

소녀는 이제 원래의 신분으로 돌아갔다.

소연 공주, 그것이 그녀가 돌아가야 할 원래의 신분이었다.

소연 공주는 멀리 사라지는 사내의 뒷모습을 가만히 바라봤다.

묘한 아쉬움과 함께 알 수 없는 감정의 편린이 뒤섞인다.

공주는 애써 마음을 다잡았다.

'곧 만날 수 있을 거야.'

비록 이름도 신분도 알지 못하지만 소연 공주는 걱정치 않았다.

그녀는 공주다.

사내가 궐에 적을 둔 이상 만나지 못할 이유가 없는 것이다.

＊　　　＊　　　＊

그날로부터 사흘이 지났다.

소연 공주는 사내의 이름도, 소속도 알지 못함에도 곧 다시
만날 수 있을 것이라 확신했다.

그녀가 원했으니까.

이름 : 송현(松玄).

나이 : 약관(弱冠).

십(十) 세. 초야악선(草野樂仙)의 계기로 입궁. 교방 배속.

십이(十二) 세. 교방 악생 시 차석.

십삼(十三) 세. 교방 악공 시 최연소 수석.

십오(十五) 세. 황사 장추헌이 제자가 될 것을 제의. 거절.

십칠(十七) 세. 교방 악사 시 최연소 수석.

십팔(十八) 세. 관현방(管絃房) 아악부 악사 배속 제의 거절.

그 결과가 지금 한 장의 보고서로 소연 공주의 앞에 놓였
다.

눈으로 보고도 믿기 어려울 정도이다.

보고서에는 단 한 번의 차석만 있을 뿐, 그 이후는 최연소

수석이란 수식어로 도배되어 있다. 그것도 모자라 예악과는 전혀 상관없는 황사(皇師)가 직접 제자가 될 것을 제의했다고 한다. 황제의 스승과 같은 존재인 황사가 직접 제자로 들이려 했을 정도이니 문(文)에서도 그만한 능력을 보여주었음을 의미했다.

무엇보다 놀라운 것은 관현방 아악부에서 악사의 자리를 제의한 것이다.

연회를 담당하는 교방과 달리 관현방 아악부는 아악을 담당한다. 황실의 종묘제례 행사에 필요한 아악을 담당하는 이들인만큼 관현방 아악부의 자존심과 위상은 결코 가벼운 것이 아니다.

예인이 오를 수 있는 최고의 직위가 아악부에 존재하는 것도, 같은 황궁의 악사라 해도 아악부의 악사는 교방의 악정에 버금가는 지위를 갖는 것도 그 때문이다.

그런데 그것을 거절했다고 한다.

그것도 고작 열일곱의 어린 나이에 받은 제의였다.

시사하는 바가 크다.

예인이라 하지만 결코 허투루 넘길 이가 아님은 확실했다.

"음……."

소연 공주는 한참이 지나서야 보고서에서 눈을 뗄 수가 있었다.

고작 사흘 만에 이름도 소속도 알지 못하는 악사의 이름과 그의 연혁을 한 장의 보고서로 받았다.

그것만으로도 이미 그가 어떠한 인물인지 대략적인 윤곽이 잡힌다.

그러나 그런 소연 공주의 예상은 반만 맞았다.

사내를 찾는 데에는 성공했다. 하지만 소연 공주가 마주한 상대는 그날 그녀에게 금음을 들려준 그 사내가 아니었다.

쉰을 훌쩍 넘긴 늙고 볼품없는 악사가 사내를 대신해 공주의 앞에 서 있었다.

"악정이시라고요?"

공주의 물음에 늙은 악사는 고개를 숙여 예를 취했다.

"다시 한 번 인사 올리겠습니다. 교방의 악정 이장명이라 합니다."

악정 이장명.

공주가 사내를 찾기 시작하면서부터 가장 많이 언급된 이름 중에 하나이다. 그리고 공주는 의외로 이자명이란 늙은 악정의 정보를 상세히 들을 수 있었다.

이립의 나이로 교방의 악사로 들어온 이후 이십 년이 넘는 시간 동안 교방의 예인으로 지냈다고 했다.

좀처럼 자신을 드러내는 법이 없어 마땅한 정치적 파벌을 지니지도 못하였다는 사실 또한 알고 있다. 때문에 그가 악정이란 자리에 오르기까지 제법 오랜 시간이 필요로 했다는 것 또한 알고 있다.

그리고 그가 그날 공주와 마주했던 사내의 상관이자 어려서부터 사내에게 음을 가르쳐 온 스승 격인 인물이란 사실 또한 알고 있다.

'소문대로구나.'

공주는 자신의 질문에 대답하는 이장명의 모습에서 소문이 틀리지 않았음을 다시 한 번 알 수 있었다.

예의는 부족하지도 과하지도 않을 정도에 그쳤다.

아첨을 하려 하지도 않고, 흔한 미사여구를 동원해 관심을 끌려 하지도 않았다.

공주가 사내를 찾음을 알면서도 그와의 관계를 먼저 입에 담지도 않는다.

그저 질문을 들었으니 질문에 답하겠다는 모습이다.

적어도 스스로 드러내려 하지 않는다는 소문은 사실인 것이다.

공주는 그런 이장명의 모습에서 그날 보았던 사내의 모습이 투영되어 보이는 듯했다.

입가에 옅은 미소가 어렸다.

"또한 그의 스승이시라고요?"

공주는 그날 사내를 대했을 때와 달리 이장명에게는 존대를 하고 있었다.

악정이라는 이장명의 직위도 직위이거니와 이장명의 나이 또한 결코 가볍게 말을 놓을 수 없게 했다. 아니, 하대를 하고

자 한다면 못할 것도 없지만 소연 공주는 그리하기 싫었다.

어쩌면 존대를 하는 이유는 없는지도 몰랐다.

그냥.

그냥 존대를 하고 싶기에 존대를 하는 것일 뿐이다.

"스승이랄 것도 없습니다. 저는 그저 악사이고, 악사는 교방의 예인들을 가르칠 의무가 있을 뿐이지요. 그 아이는 그중 하나였을 뿐이니 그저 선생이나 선배로 보심이 맞으실 것입니다."

"조금 더 듣고 싶네요."

비록 소연 공주가 무엇에 대해 더 듣고자 하는 것인지 직접적으로 언급하지는 않았으나, 그녀가 듣고 싶어 하는 것이 무엇인지 모를 만큼 이장명은 어수룩하지 않았다.

누가 무어라 해도 그는 삼십 년이란 세월 속에서도 꿋꿋이 교방을 지켜온 악사였다.

이장명의 입가에도 옅은 미소가 어렸다.

"이상한 아이였지요. 아니, 신기한 아이였습니다. 잠자리에 들면 이상한 소리가 들린다며 괴성을 내지르며 깨어나곤 했습니다. 그런 날이면 쉬 잠들지 못하고 내내 울먹거릴 만큼 여린 아이였지요."

이장명은 지금도 그때의 일이 눈앞에 선명하게 그려졌다.

"그때는 꽤나 귀엽다 했습니다. 그 큰 눈망울에 눈물을 가득 머금고 울먹이니 어찌 아니 귀엽겠습니까. 그럴 때면 제

옷자락을 꼭 잡고 좀처럼 놓아주질 않았지요. 지금 생각해 보면 그 아이는 제가 떠날까 두려웠던 것이 아닐까 합니다."

작은 몸을 바들바들 떨면서 여린 두 손으로 옷자락을 꼭 잡아 쥐던 아이의 모습.

차가운 궁 안에서 느끼기 어려운 따스한 온기가 그 아이에게는 있었다.

"심마였지요. 예, 심마였던 듯합니다. 아이는 교방에 들기 전부터 이미 심마를 가슴에 담고 있었던 것입니다. 누군가를 떠나는 것이 무섭고, 누군가가 떠나는 것이 무서웠던 것이지요. 그래서 그렇게 악착같이 음악에 매달렸는지도 모릅니다. 음을 익히지 못하면 교방에서 쫓겨날 것이라 생각했던 게지요."

여린 손으로 밤새 현을 뜯었다. 그 작은 손으로 힘껏 북을 두드렸다. 손가락 끝은 현 줄에 베어져 나가고 손바닥은 짓물러 터지기 일쑤였다.

그러고도 행여 교방에서 쫓겨날까 망가진 손을 감추며 헤헤 웃던 얼굴이 눈앞에 와 닿은 듯 선명하게 그려졌다.

"제 생에 그렇게까지 지독하게 연습하는 아이는 처음이었습니다. 그렇기에 그 어린 나이에 악사의 자리에 오를 수 있었겠지요."

이장명의 미소에 쓸쓸함이 묻어나온다.

일종의 후회일지도 모른다. 그때 그 아이를 한 번만이라도 안아주었다면, 교방을 떠날 일은 없을 것이라 한마디만 해주었다면…….

'그리했다면 그 손이 그리 거칠어지지도 않았을 것을…….'

터지고 짓무르기를 반복한 손은 옹이가 진 고목나무처럼 거칠고 척박하게 변해 버렸다.

쇳돌로도 벗겨내지 못할 만큼 단단하게 자리 잡은 굳은살은 어린 날의 아이가 느껴야 했을 절박함이었다.

그리고 이장명은 그 거친 손결이 자신의 무심함으로 생겨난 것이라 여기고 있었다.

늘 미안하고 안쓰럽다.

"외로웠던 거군요."

그토록 절박했던 아이.

그 아이가 가져야 했을 외로움.

그날 소연 공주가 들었던 그 음률이 왜 그렇게 가슴에 깊게 새겨진 것인지 이제야 이해할 수 있을 것 같았다.

그가 가진 외로움이 소연 공주가 가진 외로움과 크게 다를 바가 없기 때문이리라.

문득 궁금해졌다.

"그래서 궁을 떠난 건가요?"

사내를 찾았다. 하지만 찾아온 것은 사내가 아닌 악정 이장명이다.

공주가 사내를 찾았을 때는 그는 이미 궁을 떠나 낙향했기 때문이다.

공주는 어쩌면 그 외로움 때문에 그가 궁을 떠난 건 아닌가 하는 생각을 했다.

이정명은 고개를 저었다.

"그것은 아닐 것입니다. 그렇다면 오히려 궁을 떠나지 못하였을 테지요."

"그렇다면 다른 이유가 있었다는 건가요?"

"아마 마음의 병 때문이겠지요."

"대체 어떤 병이기에……."

"음을 알고 악을 알게 되었습니다. 시작한 이유가 무엇이든 그 아이는 이미 예인이 되었습니다. 예인으로 살아가는 이들 중에 마음의 병 하나 없는 이가 어디 있겠습니까마는……."

"말하세요."

소연 공주는 이장명의 대답을 재촉했다.

이장명은 허허롭게 웃어버렸다. 그 웃음 속에는 무안함과 함께 뿌듯함이 담겨 있으니 이상한 일이다.

"궁이 좁았던 탓이겠지요. 천하의 모든 악기를 연주할 줄은 알아도, 천하의 모든 곡조를 연주할 줄은 알아도 정작 그 본인은 아무것도 모르니 궁이 너무나 좁을 수밖에요."

천하에 존재하는 모든 악기를 연주할 수 있다고 한들, 천하의 모든 음악을 연주할 수 있다고 한들 그것이 자신의 것이 아닌 한 모두 소용없는 일이다.

그것은 음과 악의 공부가 깊어지면 깊어질수록 더욱 선명하고 크게 다가올 수밖에 없다.

종래에는 그것이 심마가 되어 악기를 연주해야 할 손을 짓누르고, 음악을 들어야 할 귀를 멀게 만들어 버린다.

"산이 높으면 골은 깊은 법이지요. 어린 나이에 높은 경지에 올랐으니 그 심마 또한 결코 작지는 않았을 겝니다."

"그렇군요."

소연 공주는 작게 고개를 주억거렸다.

하지만 그것은 그녀가 이장명의 말뜻을 이해해서가 아니었다.

"그래서 그는 지금 어디에 있나요?"

묻고자 하는 것이 있기 때문이다.

그녀가 지금 가장 궁금해하는 것. 기실 이장명을 불러들인 것 또한 그것을 알기 위함이었다.

이장명은 옅게 웃었다.

"그는……."

*   *   *

깡! 깡! 깡!

대장간의 담금질 소리가 시끄럽게 울린다. 날카로운 쇳소리는 솜털을 곤두서게 만들었다.

"으아아아앙! 나도 당과! 당과!"

어미와 같이 저잣거리에 나선 어린아이는 바닥에 털퍼덕 주저앉아 생떼를 부린다. 어미는 아이의 생떼에 어찌할 바를 모르고 그저 식은땀만 흘려댈 뿐이다.

어디 그뿐인가.

"아니, 이놈이? 어디 어린놈의 자식이 행패냐, 행패가! 내가 감히 누군 줄 알고!"

싸움이 났는지 늙수그레한 노인과 젊은 청년이 멱살을 붙잡고 실랑이가 한참이다.

저잣거리의 상인들은 길 지나는 행인들의 발걸음을 붙잡기 위해 목청을 높이고, 주인의 손에 끌려나온 겁 많은 황소는 잔뜩 겁먹은 눈으로 연신 긴 울음을 토해낸다.

우리에 갇혀 도살장에 끌려갈 일만 남은 개들은 겁먹은 제 모습을 숨기고자 컹컹거리며 누런 이를 드러냈다.

'궁 밖은 이리도 시끄러운 곳이구나.'

송현은 고개를 절레절레 저었다.

평생 음을 업으로 삼아야 하는 악공인지라 송현의 귀는 밝고 예민했다. 무수히 많은 악기가 만들어내는 소리 속에서도 옳은 소리와 엇나간 소리를 짚어내려면 좋은 귀는 필수였다.

때문에 하루에도 몇 시진씩 청력을 갈고닦기 위해 노력해

온 송현이다.

그러다 보니 저잣거리에서 들려오는 소리가 천둥보다 크게 들려오는 것은 당연지사이다.

온갖 소리가 한데 얽혀 만들어내는 불협화음은 악사인 송현으로서는 참기 힘든 고역이었다.

송현은 발걸음을 돌렸다.

"더는 못 버티겠다."

송현은 장난스럽게 웃었다.

어려서부터 궁에서 자랐다. 궁 밖에 거처를 구한 이후에도 해가 뜨기 전 텅 빈 거리를 걸어 출궁하고, 해가 다 지고 난 뒤에야 퇴궁하는 일상을 반복했다. 필요한 물품이 있으면 물정 모르는 송현을 대신해 이장명이 구해주고는 했다.

그러다 보니 저잣거리에 나온 것 또한 이번이 처음이다.

자신의 음을 찾기 위해 궁을 나섰으니 저자의 소리 또한 들어보아야 할 것이라 생각했다.

"아직은… 아직은 무리구나."

여러 소리가 불규칙적으로 어우러진 저잣거리를 아무렇지 않게 돌아다니기란 송현에겐 아직 버거운 일이었다.

그러나 모순되게도 송현은 이런 저잣거리의 소음이 마냥 싫지만은 않았다.

"엄마는 안 먹어?"

"괜찮아. 엄마는 당과 싫어해."

아낙이 당과를 사서 딸아이에게 건넨다. 곤궁한 살림인 듯 행색은 보잘것없어 보이건만 딸아이가 당과를 맛있게 오물거리는 모습을 바라보는 아낙의 입가에 걸린 미소는 포근하기만 하다.

"아이고, 이놈아! 무겁다! 이리 내거라!"

"거 어머니는 들어준다고 하면 좀 가만히 좀 있으시오! 누구 불효자 만들려 작정하셨소?"

등 굽은 노모의 짐을 뺏어다 어깨 위로 짊어지는 아들이다. 행여나 괜히 아들이 자신 때문에 고생하지나 않을까 걱정하는 어미의 모습에 툴툴대듯 대답하면서도 기어이 짐을 빼앗아 들어 메는 아들의 모습이 따스하다.

송현은 입가에 미소가 그려졌다.

"이곳이 사람 사는 세상이구나."

기실 떼쓰는 아이의 울음소리도, 하다못해 드잡이를 벌이며 높여가는 언성조차도 악의가 없다.

떼를 쓰며 울어대는 아이는 시간이 지나면 이내 제 어미를 향해 방긋방긋 웃으며 재롱을 부릴 테고, 드잡이를 하는 사내들도 이내 언제 그랬냐는 듯 술을 마시러 나설 것이다.

적어도 저들은 웃음 뒤에 칼을 숨기지 않는다.

앞에서는 웃는 낯으로 예의를 차리면서도 보이지 않는 뒤에서는 언제든 약점만 보이면 물어뜯기 위해 혈안이 되어 있는 고관대작의 모습에 비하자면 저잣거리의 드잡이는 순수하기만 하다.

아니, 저잣거리의 모든 소리가 그러했다.

투박하지만 솔직하고, 감추려 해도 그 순수함에 속 감정이 고스란히 드러난다.

송현은 저잣거리에 더 머무르지 못하는 자신이 너무나 안타까웠다.

펄럭!

송현은 소매에서 작은 서찰을 꺼냈다.

궁을 떠나려는 송현의 의지를 전해 들은 이장명은 두 개의 서찰을 건넸다.

하나는 송현의 것이고, 남은 하나는 송현의 것이 아니었다.

송현은 그중 하나를 펼쳐 든 것이다.

―음악을 그만둘 것이 아니라면 이리로 가거라. 그러면 좋은 은사가 되어줄 게다. 또한 이것은 그에게 전하는 추천서다. 도움이 될지는 모르겠으나 없는 것보단 낫겠지.

궁을 떠나왔건만 이장명의 담담한 목소리가 아직도 귓가에 선명하게 남아 있다.

이장명의 마음 씀을 알기에 송현은 그의 뜻을 거스르지 않으려 했다.

"자, 그럼 어디로 갈까?"

송현은 짐짓 기대된다는 듯 서찰을 조심스럽게 펼쳤다.
커다란 종이 위에 적힌 글자는 그리 많지 않았다.

호남(湖南).

악양루(岳陽樓).

수석악사(首席樂師) 절애고(絶哀鼓) 이초(李礎).

송현이 가야 할 길이 거기에 적혀 있었다.

제2장

악양의 연(緣)

樂武林

소연 공주와의 만남 이후 이장명은 곧장 교방으로 돌아왔다.

　연회가 열리는 날은 아니었지만 악정이란 자리를 담당하는 이장명이 해야 할 일이 없는 것은 아니다.

　오히려 연회가 없기에 더욱더 처리해야 할 일이 많은 것이다.

　교방으로 돌아온 이장명은 다른 악정들의 질문을 받아야 했다.

　이렇다 할 정치적 노선이 없는 이장명이 공주의 부름을 받았으니 다른 악정들로서는 호기심이 생길 수밖에 없는 일이다.

이장명은 악정들의 질문에 솔직히 대답했다.

소연 공주가 어떤 이유로 자신을 찾았고, 또 어떤 이야기를 주고받았는지에 대해 이야기함에 있어 숨길 필요성을 느끼지 못한 것이다.

안타깝게도 이장명의 솔직한 답변은 그리 믿음을 얻는 눈치가 아니었다.

그네들의 머리로는 공주라는 지고한 신분의 여인이 한낱 악사에게 관심을 둔다는 것도 믿기 어려웠거니와, 또한 공주와 독대를 할 수 있는 기회를 얻고도 고작 악사에 대한 이야기만 했다는 것을 믿기 어려운 탓이다.

그러나 이장명을 계속해서 채근할 수는 없는 일.

악정들은 의문을 가슴에 품고 물러나야 했다.

이장명이 밀린 업무를 모두 처리하고 궁을 나선 것은 해시(亥時)가 다 되어서였다. 내려앉은 어둠에 가가호호 밝혀진 등불만이 거리를 어스름하게 밝히고 있었다.

그러나 궁을 나선 이장명은 곧장 자신의 거처로 돌아가지 않았다.

그의 발길이 닿은 곳은 낡은 초가가 자리한 곳이었다.

교방의 악생과 악동은 궁내에 거하여야 한다. 하나 그것도 지학의 나이가 지나거나 악공의 직위에 오르면 더 이상 궁에 머물 수가 없게 된다.

궁녀 때문이다. 성은을 입지 않는다 하여도 궁 안에 존재하는 궁녀들은 엄연히 황제만의 여인이다.

거세한 내관이나 황실 경비를 담당해야 할 금의위가 아닌 이들은 지학의 나이가 지나면 궁 밖으로 나가야 하는데 혹여나 일어날 불상사를 막기 위함이다.

그래서 궁에서는 따로 궁 밖에 거처를 마련해 주는데 그 거처가 좋을 리 만무했다.

도성 북쪽 외곽의 낡은 초가가 궁에서 지원해 주는 거처였다.

지금 이장명이 앞에 선 초가 또한 그러한 거처 중 하나였다. 다 쓰러져 가는 초가 담벼락에는 제법 그럴싸한 문패가 붙어 있었다.

악사(樂師) 송현(松玄).

송현이 궁을 떠나기 전까지 거처로 삼았던 곳이 이곳이다.

이장명은 문패가 걸린 담벼락을 지나 안으로 들어섰다.

부엌의 아궁이는 싸늘하게 식었고, 불 꺼진 방은 을씨년스럽기까지 했다.

"든 자리는 몰라도 난 자리는 안다더니 과연 그렇구나."

송현이 떠난 지 그리 오랜 날이 지나지도 않았건만 초가는 폐가나 다름없는 형국이다.

새삼 송현이 떠났음을 느낀 탓일까.

이장명의 입가에 쓴웃음이 머물렀다.

그러나 그것도 잠시,

이장명은 이내 마음을 추스르곤 닫힌 초가의 방문을 열었다. 그리고 방 안으로 들어섰다.

불 꺼진 방 안은 차갑고 어두웠다.

정리된 방 가운데에 덩그러니 놓여 있는 낡은 거문고는 을씨년스러운 분위기마저 자아낸다.

"너는 떠났는데, 너는 떠나지 않았구나."

불 꺼진 방 안에 우두커니 선 이장명은 두 눈을 감고 입가로 미소를 지었다.

"그 옛날 한아(韓娥)는 슬픔을 노래하였는데, 너는 외로움을 노래하였구나."

이장명의 모습은 마치 음악을 감상하는 듯했다.

아니, 실제로 지금 이장명은 들리지 않는 음악을 듣고 있었다.

옛날 한아(韓娥)라는 여인이 있었다. 한아는 한나라의 재난을 피해 제나라에 갔다 그만 여비가 떨어져 버렸다. 해서 옹문(擁門)에서 구걸을 하였는데 모두 문전박대당하고 말았다.

여인은 자신의 서글픔을 담아 노래하였는데, 노래는 여인이 떠난 뒤에도 흩어지지 않았으니, 가까이 살던 사람들은 모두 한아가 떠나지 않은 줄만 알았다고 한다.

그녀의 노래가 남긴 여운이 그 자리에 남아 대들보가 그녀의 노래를 하고 주춧돌이 그녀의 음악을 좇았기 때문이다.

전설과도 같은 이야기이다.

그러나 이장명은 그것이 그저 전설이 아님을 안다.

비록 들리지 않지만 이장명은 그것의 현신을 지금 몸으로 확인하고 있었다.

궁을 떠나기 전 송현은 이 방에서 마지막 연주를 하였다.

그리고 그 연주는 송현이 궁을 떠난 지금까지도 고스란히 이 방 안에 남아 있었다.

집중하여 귀 기울이지 않으면 들을 수 없을 만큼.

오랜 세월 예인의 길을 걸어온 이장명과 같은 경지에 든 예인이 아니라면 들을 수 없을 만큼.

너무나 희미해진 음률이지만 송현의 연주는 아직 이 방에 존재하고 있었다.

방 한가운데 놓인 거문고가 그의 연주를 담아내었고, 곧게 선 기둥과 벽이 그의 연주를 좇으며, 대들보가 그의 연주를 노래한다.

이장명은 가만히 눈을 감고 그 연주를 감상했다.

귀로만 들리는 연주가 아니다. 발바닥에서부터 시작해 전신으로 전해지는 미미한 진동이 그 연주를 전해주고 있었다.

"외롭구나."

아름답지만 슬프다.

가득 찬 음률은 오히려 공허하기만 하다.

전신을 타고 전해지는 연주에서 이장명은 외로움을 느끼고 있었다.

또한 연주가 완성되지 않았음을 안다.

마치 칼로 잘라내듯,

송현이 남기고 간 연주는 도중에 끊어져 있었다.

외로움만으로는 송현의 연주가 완성될 수 없었기 때문이리라.

덜컥!

이장명은 방문을 열어젖혔다.

그런 이장명의 시선이 남쪽 먼 곳을 향했다.

"가거라. 음은 물과 같고 악은 도(道)와 같으니 악인(樂人) 또한 그와 같아야 하지 않겠느냐."

이장명은 송현이 남겨놓은 음률을 모두 떠나보냈다.

방 안에 머물러 있던 음률이 활짝 열린 방문을 통해 밖으로 흩어져 나간다.

이장명의 이러한 행동은 어쩌면 송현의 음률이 아닌, 송현을 떠나보내는 행동일 수도 있었다.

이장명은 웃었다.

"잘 지내거라."

이장명이 송현의 방을 나섰다.

탁!

문이 닫힌다.

이제 방은 주인을 떠나보냈다.

     *   *   *

배가 포구에 닿았다.

예상과 달리 포구는 한적했다.

이따금씩 선원들의 대화 소리와 흘러가는 강물 소리만이 포구의 적막을 씻어주고 있었다.

"할아버지, 빨리요!"

"허허허! 이놈아, 뛰지 말거라! 그러다 넘어지면 어찌하려고!"

배에 오를 준비를 하던 송현의 앞으로 장난기 가득한 소동이 뛰어나갔다. 소동의 할아버지는 그런 소동을 걱정하면서도 얼굴엔 웃음이 가득하다.

'좋은 모습이구나!'

정이 가득한 조손의 모습에 송현의 입가에 미소가 어렸다. 두 사람의 모습을 보는 것만으로도 가슴이 따스해진다. 문득 찾아오는 그리움이 가슴을 물들였다.

송현의 시선은 좀처럼 노인의 뒷모습에서 떨어질 줄을 몰랐다.

적지 않은 나이에도 노인의 어깨는 꼿꼿했다. 흔들리는 뱃전에 오르면서도 자세를 흐트리지 않았다. 어깨에 걸쳐놓은 낚싯대에 드리워진 낚싯줄은 노인의 걸음걸이에 맞춰 흔들거리며 춤을 춘다.

그 모습이 마치 신선도에서 튀어나온 신선의 풍모를 닮아 있었다.

'음?'

부드러운 미소를 지으며 노인의 뒷모습을 바라보던 송현의 얼굴에 의문이 찾아든 것은 그때였다.

악사로 지내온 송현의 귓가로 한 가지 음률이 파고들었다.

노인의 곧은 걸음은 박자를 맞추고, 걸음에 흔들리는 낚싯줄은 바람을 가르며 음률을 만들어낸다.

부드러운 듯 끊임이 없으면서도 묵직한 힘이 녹아 있다.

"잠시만요."

그 기이한 음률에 놀란 송현이 급히 노인의 팔을 붙잡았다.

"무슨 일인가?"

"대체 어르신의 걸음에 담긴 음률은 무엇입니까?"

음을 찾아 나선 길이다.

그 길에 걸음으로 음률을 만들어내는 기인을 만났으니 송현의 마음은 반갑기도 하고 또 놀랍기도 했다.

하나, 그런 송현의 마음과 달리 질문을 받은 노인의 얼굴은 어느새 차갑게 굳어 있었다.

"…너는 대체 누구냐?"

흰 수염에 가려진 노인의 두 눈에 경계가 어렸다.

'걸음에 담긴 음이라니, 이자가 대체 누구기에…….'

경계가 가득한 노인의 눈빛이 송현을 꿰뚫었다.

송현이야 알 리 없지만 노인의 이름은 장사옹, 달리 무림에서 그를 칭하길 죽조도인(竹釣道人)이라 칭한다.

그는 무공을 익힌 무림인이었다. 평시에 그의 낚싯대는 강물 속의 물고기를 건져 올리지만, 전시에는 적도의 목숨을 건져 올리는 혈조(血釣)가 되곤 했다.

반박귀진의 경지에 오른 그의 내력은 스스로 무공을 내보이지 않는 한 누구도 알아차릴 수 없는 것이었다.

한데 자신의 걸음에서 음률을 보았다고 하는 이가 나타났으니 절로 경계심이 드는 것은 어쩔 수 없는 일이다.

더욱이 이 자리에는 무공을 모르는 그의 손자도 함께이지 않는가.

"저는 송현이라 합니다."

송현이 급히 노인을 향해 고개를 숙였다.

노인은 그런 송현을 위아래로 살펴본 후에야 스스로의 이름을 밝혔다.

"장사옹일세. 자넨 무공을 익혔는가?"

노인, 아니, 장사옹은 스스로의 이름을 밝힌 후 곧장 송현에게 질문을 던졌다.

장사옹의 눈으로 본 송현에게서는 전혀 무공의 흔적이 엿보이지 않았다.

그렇다면 장사옹과 같은 반박귀진의 경지에 올랐다는 말일 터인데, 상식적으로 젊은 송현이 그만한 경지에 오르기에는 무리가 있어 보였다.

"예? 무공이라니……. 아닙니다. 저는 무공을 익히지 않았습니다."

"하면 내 걸음에서 무슨 음률을 느꼈다는 것인가?"

장사옹은 검미를 찡그렸다.

걸음에 담긴 음률을 이야기했을 때,

장사옹은 송현이 자신의 무공을 엿보았다고 생각했다. 그런데 정작 송현은 무공을 익히지 않았다 하니 기이한 일이 아닐 수 없었다.

장사옹의 물음에 송현은 머리를 긁적였다.

"그저 그리 들렸을 뿐입니다. 걸음걸음에 박자가 있고, 그것이 때로는 무거워 아래로 가라앉고, 때로는 가벼워 위로 떠올랐습니다. 어깨에 드리우신 낚싯대는 어르신의 걸음에 맞춰 춤추며 바람을 가르는 소리를 내었는데, 그것이 끊어짐이 없고 마치 현악기의 연주처럼 들렸습니다."

"허! 그랬는가?"

송현이 몸짓까지 동원하여 설명하는 양을 모두 지켜보던 장사옹의 입가에 웃음이 번졌다.

송현의 그 믿기 어려운 말이 오히려 장사옹에게 믿음을 주었다.

송현의 손짓에는 힘이 실리지 않았고, 몸짓에는 무공의 흔적이 없었다.

그렇게 보니 송현이 달라 보인다.

'허! 내 수량해공을 익히며 선계진기(仙界眞氣)가 있음을 알았거늘 젊은이의 몸에 맴도는 것이 그와 같지 않은가!'

장사옹은 비로소 송현이 어찌하여 자신에게서 음률을 들었던 것인지 그 이유에 대해 짐작할 수 있었다.

'공부가 깊은 도인이리라.'

도를 쌓은 깊이가 깊어 남들이 볼 수 없는 것을 보고 듣지 못하는 것을 들으리라.

그리 생각하고 나니 모든 것이 이해가 된다.

그것은 오해였지만 송현이 먼저 자신이 악사임을 밝히지 않았으니 장사옹의 오해도 어찌 보면 당연한 일일는지도 몰랐다.

장사옹의 얼굴에 경계가 사라지고 입가엔 다시 웃음이 번진다.

"허허허! 공부가 깊나 보구나."

"과찬이십니다. 아직 부족하기만 한걸요."

지레짐작한 장사옹의 말에 송현이 멋쩍어 머리를 긁적인다.

송현으로서야 무엇에 대한 공부인지 알 수 없으니 그저 음악에 대한 공부를 뜻한 것이리라 여긴 것이다.

"하나 본노는 음을 익히지 않았네. 만약 그대가 나의 걸음에서 음률을 찾았다 하면 그것은 그대의 공부가 아닌가 싶어."

"아, 그렇군요."

송현은 고개를 끄덕였다.

처음 경험해 본 일이다. 그러나 음을 익히지 않았다는 장사옹의 말이 거짓처럼 느껴지지는 않았다.

'궁 밖엔 정말 신기한 사람들이 많구나.'

음을 익히지 않고도 단지 걸음만으로 음을 만들어내는 사람이 존재하는 곳이다.

궁 밖의 세상은 참으로 신비한 곳이 아닐 수가 없었다.

송현이 고개를 주억거리는 사이 장사옹이 물었다.

"한데 내게서 들리는 음률은 어떠한지 내 물어보아도 되겠는가?"

송현이 음률을 들었다 하니 자신 스스로도 모르게 만들어내는 음률이 어떤지 관심이 생긴 것이다.

송현이 웃으며 말했다.

"아름답습니다. 고즈넉하면서도……. 그래, 이 강물과 닮았습니다."

장사옹의 의문에 대답하던 송현은 이내 강물을 가리켰다.

무거움과 가벼움이 조화롭게 섞여 있으며, 음률이 흘러가기가 끊임이 없으니 장서옹의 음률은 강물과 닮아 있다고 표현하는 것이 가장 적당했다.

"저 강물 말인가?"

장서옹이 놀라 물었다.

"허허허허, 고맙네! 참으로 고마우이!"

그러다 이내 웃음을 터뜨린다.

'일평생 강을 벗 삼아 살았고 또 강을 닮은 무공을 익혔으니 내게서 나는 음악이 강물과 같다 하면 이 길이 틀리지 않았음이 아닌가!'

장서옹은 정말 호쾌하게 웃었다.

강물에 비유한 송현의 말은 장서옹에게 있어 세상 그 무엇보다 듣기 좋은 찬사로 들렸다.

장서옹이 송현의 어깨를 두드렸다.

"소형제께서는 어디로 가시는가? 그러지 말고 저기로 가서 술이나 한잔하며 담소라도 나누는 것이 어떻겠나?"

곁에는 강물이 흐르고 안으로는 흥이 올랐다.

한잔의 술을 나누면서 하루를 모두 보내어도 지루함도 모자람도 없었다.

장서옹과의 이야기가 계속될수록 송현은 속으로 거듭 감탄했다.

장서옹에게서는 독특한 분위기가 흘렀다.

그의 걸음에서 들은 음률처럼 장서옹에게서 흘러나오는 분위기는 강물을 닮아 있었다.

"어르신은 대체 어떤 사람이십니까?"

그것이 기이하여 물었다.

그러자 장서옹은 허허로운 웃음을 지으며 답했다.

"어떤 사람이라 할 것도 없네. 그저 강을 벗 삼고 낚싯대에 의지해 강물의 도를 이해하려는 사람이지."

"강물의 도……."

송현은 장서옹의 말에서 허허로운 듯하면서도 깊이를 할 수 없는 현기를 느꼈다.

그렇게 한잔 술로 나누는 술자리는 밤이 되어서야 끝이 났다.

*   *   *

꿈을 꾸었다.

아주 오랜만에 찾아온 꿈은 그리움을 자아낸다.

꿈속에서 들려오는 거문고 소리는 잠들지 못하는 아이를 다독이는 자장가처럼 포근하고 또 달콤했다. 그 속에서 웃었다. 걱정 없이 마음을 내려놓았다.

잔잔히 울리는 거문고 소리가 끝나지 않기를 빈다. 금음의 주인을 다시 한 번 보고 싶다.

"할아버지!"

송현은 잠에서 깨어났다.

꿈은 항상 이런 식이다. 거문고 소리는 끝까지 연주된 적이 없고, 꿈속에서나마 만나고 싶었던 할아버지는 깨어나면 사라진다.

"그래도……. 오랜만이구나."

송현은 작게 웃었다.

어렸을 때에는 매일같이 꾸던 꿈이다. 커가면서 점점 찾아오지 않던 꿈이다. 스무 살이 되고서는 처음으로 꾸는 꿈이기도 했다.

꿈속에서나마 그리워하던 음악을 들었고, 그리워하던 이와 함께했다.

그 몽중의 만남은 짧았으나, 그 여운은 길게 가슴에 남는다.

아마도 오늘 장성웅과 그의 손자와의 만남이 여운에 남아 그것이 꿈을 불러온 듯했다.

잠에서 깬 송현은 밖으로 나섰다.

갑판 위로 나오니 배의 움직임이 더욱 선명하게 전해졌다.

흘러가는 강물에 배가 출렁인다. 이따금씩 얕은 소용돌이라도 지날 때면 배는 삐거덕거리며 비명을 질렀다.

깊은 밤.

갑판 위에는 아무도 없다.

송현은 밤바람에 옷을 여미며 난간에 기대어 섰다.

저 멀리 희미하게 밝은 빛이 전해진다. 깊은 밤임에도 불꺼지지 않는 도시의 모습은 기묘한 흥분을 전해주었다.

그 거리를 계산하던 송현은 조용히 중얼거렸다.

"오전쯤이면 닿겠구나."

내일이면 악양에 도착할 것이다.

가슴 한쪽에서 기대가 솟아났다.

그렇게 송현이 감상에 빠져 있을 때였다.

"이 밤중에 무슨 일인가?"

장사옹의 목소리가 들려왔다.

급히 고개를 돌린 송현의 눈으로 뒷짐을 지고 걸어오는 장사옹의 모습이 보였다.

뒷짐을 진 그의 손 안에는 그의 낚싯대가 길게 쥐어져 있었다.

"아! 벌써 일어나셨습니까?"

"늙으면 잠이 없는 법이라네. 흠……. 악양을 보고 있었나 보군."

송현의 말에 대답한 장사옹의 시선이 저 멀리 비치는 악양의 불빛을 향했다.

"예, 내일이면 당도할 듯합니다."

"아쉽군그래."

장사옹은 그런 송현에게 웃어보였다.

한 잔의 술과 함께 이야기를 나누었다. 송현의 목적이 악양루에 있음을 그 자리에서 들었다.

오랜만에 마음에 들었던 청년과 다시 헤어져야 한다고 생각하니 그 마음에 아쉬움이 가득했다.

그러다 문득 생각했다.

"자네는 본노(本老)의 걸음에서 소리를 들었다 했지?"

"예, 그랬습니다. 강을 닮은……. 아주 아름다운 음률이었습니다."

송현이 웃으며 고개를 끄덕였다.

송현으로서도 접해보지 못한 기이한 경험이었다. 그로 인해 지나가던 장사옹을 붙잡고, 이렇게 연을 갖게 되었으니 잊을 리 없었다.

장사옹은 그런 송현의 대답에 작게 고개를 끄덕였다.

"하면 이것도 들어주겠는가?"

쉬익!

낚싯대가 움직인다.

낚싯대가 큰 원을 그리자, 그 끝에 걸린 낚싯줄도 함께 돌며 더 큰 원을 그린다.

마치 호수에 일어난 파문처럼 점점 더 크게 주위로 번져간다.

장사옹의 움직임은 날래지 않았다. 현란하지도 않고, 예리하지도 않다.

그런 그의 모습은 마치 춤사위 같았다. 흥이 가득했다.

"아!"

그러나 송현은 짧은 감탄사를 터뜨렸다.

눈을 감았다.

소리에 집중하고 두 귀로 전해지는 감각에 집중했다. 그렇게 하지 않고는 감히 장사웅이 만들어낸 음률을 좇을 수 없을 것만 같았다.

쏴아아아아―!

대기가 물로 가득 찼다.

그럴 리는 없겠으나 송현의 귀로 전해지는 음률은, 그리고 그 소리로 만들어낸 송현의 심상은 그러했다.

세상 천지간에 가득 찬 물줄기가 흘러간다. 층층이 물길이 생기고, 때로는 바위에 부딪쳐 격류를 만들어낸다. 그러나 그것은 지엽적일 뿐. 흘러가는 물줄기는 거대하고 또한 도도했다.

뿌르르르르!

물길의 가장 아래에서 기포가 일어난다. 한 마리 물고기가 기포를 좇아 위로 오르자 그것이 신호가 되었다. 수많은 물고기가 기포를 좇아 움직인다.

때로는 흐르는 물길을 헤치며 거슬러 오르고, 때로는 물길에 순응하듯 그 흐름에 맡긴다.

그 유려한 움직임이 만들어내는 장관에 송현은 숨죽였다.

장사웅을 좇는다.

천지간을 가득 메운 물속에.

그 중심에 장사웅이 춤추고 있었다.

'달라.'

송현은 고개를 저었다.

낮에 들었던 장사옹의 걸음에 담긴 음률은 강을 닮았었다.

하지만, 지금 장사옹이 만들어내는 소리는 강을 닮지 않았다.

그것은 음률도 박자도 가락도 아니었다.

그보다 원초적이고, 위대한 것.

'강이야.'

장사옹은 강의 소리를 만들어내고 있었다.

*   *   *

누대에 오르니 악양 경치 한눈에 들어오고
광활한 동정호 눈앞에 펼쳐졌다

날아가는 기러기 나의 수심 가져가니
산 너머에 호젓한 달 떠오르네

악양루 높아 구름 사이에 술자리 본 듯
천상에서 술잔 부딪치네

취흥 돌 제 서늘한 바람 이는 것은
나풀거리는 무희의 소맷자락에서라네

樓觀岳陽盡川迥洞庭開 (누관악양진천형동정개)
雁引愁心去山銜好月來 (안인수심거산함호월래)
雲間逢下榻天上接行盃 (운간봉하탑천상접행배)
醉後涼風起吹人舞袖回 (취후량풍기취인무수회)

이백의 여하십이등악양루란 시처럼 악양루에서 보이는 정경은 아름다웠다.

넓게 펼쳐진 동정호 저편에 우뚝 솟은 산세가 물안개에 가려 희미하게 보인다. 마치 호수가 산을 품은 듯한 느낌을 불러일으킨다.

그 광활한 호수 위로 크고 작은 배들이 오가고, 포구에는 정박한 상선을 오가는 인부들이 구슬땀을 흘린다.

그 옆에는 철모르는 아이들이 추운 줄도 모르고 자맥질에 한참이다. 늙은 낚시꾼은 호수에 낚싯대를 드리운 채 조각배에 누워 떠다닌다.

한가로우면서도 활기차고 요란하면서도 고요하다.

서로 대비되는 풍경이 한곳에 펼쳐져 있는데도 서로 어긋남이 없이 조화되니 묘한 감흥을 일으킨다.

송현이 궁을 떠난 지 보름 하고도 열흘.

삼월의 초순에 들어선 날이다.

송현은 악양루 이 층에 올라 있었다.

악양루 이 층의 창밖으로 펼쳐진 광경에 절로 미소가 떠올랐다.

"좋다."

자기도 모르게 감상이 흘러나왔다.

거칠고 옹이진 손가락은 식탁을 악기 삼아 묘한 가락을 작게 뽑아내며 춤을 춘다.

두고 온 거문고가 이 자리에 없음에 괜스레 아쉬움이 생겨난다.

그런 송현의 손가락이 춤을 멈춘 것은 그리 오래 지나지 않아서였다.

"이초 대인을 찾아오셨다고요."

창가에 앉아 동정호의 풍경을 감상하던 송현을 향해 누군가 다가와 정중히 물었다.

마흔에 가까운 외모에 단정한 옷차림, 그와 반대로 소맷자락을 질끈 묶은 모습이다. 그 소매로 드러난 손바닥엔 굳은살이 옅게 박여 있다.

그 모습에 송현은 상대가 자신과 같은 악공임을 알아차렸다.

송현은 서둘러 자리에 일어나 허리를 숙였다.

"예, 송현이라 합니다."

정중히 허리를 숙이는 송현의 인사에 상대 또한 허리를 숙이며 자신을 드러낸다.

"안녕하십니까. 악양루 악사 오지겸이라 합니다."

스스로 오지겸이라 소개한 그는 가만히 송현의 행색을 살폈다.

별 볼일 없는 무명옷에 달랑 바랑 하나가 전부인 차림이다. 그나마 특이한 점을 찾자면 어려 보이는 제법 곱상한 외모가 전부다.

"실례가 되지 않는다면 어떤 이유로 이초 대인을 찾는 것인지 여쭈어도 되겠습니까?"

오지겸의 눈에 경계의 빛이 떠올랐다.

그것을 알지 못할 리 없는 송현이지만 송현은 그저 웃으며 답했다.

"가르침을 청하려 합니다."

"가르침을 청한다고요? 악공이셨습니까?"

"예, 여전히 부족하지만요."

송현의 대답에 오지겸의 눈에 이채가 어렸다.

'그러고 보니 예사 손이 아니구나!'

오지겸의 시선에 송현의 거친 손이 들어온다.

악공이란 소개를 듣고 나니 송현의 거친 손이 새삼 다른 의미로 다가왔다.

손이 그저 거칠어지지는 않는다.

오랜 세월 동안 자연스럽게 쌓인 반복된 행동이 손의 모습을 결정하는 법이다.

그런 의미에서 보자면 송현의 손은 악공으로서 상당한 고련을 쌓은 모습이다.

"현악기를 사용하시나 봅니다."

전체적으로 굳은살이 깊게 박여 있었지만 특히나 손가락 끝에 자리 잡은 굳은살이 도드라진다.

악공의 경우 흔히 현악기를 다루는 이들이 공통적으로 갖게 되는 손이기도 하다.

"자랑할 정도는 아닙니다."

송현은 웃으며 머리를 긁적였다.

그 모습이 세상 물정 모르는 순진한 문사와 같다 느끼는 건 오지겸의 착각만은 아닐 것이다.

하지만 오지겸은 그런 송현의 말이 겸양에 불과하다는 것도 알고 있었다.

같은 예인,

그것도 오랜 고련을 겪은 예인이다. 더욱이 스스로를 낮추는 데에 망설임이 없다.

오지겸은 그런 송현의 모습이 싫지 않았다.

"그런 손을 가지고 그리 말씀하시면 안 될 일이지요. 한데 이초 대인께서는 북을……."

오지겸이 말끝을 흐렸다.

송현 스스로 현악기를 다룬다 했다. 하지만 이초의 별호는 절애고(絶哀鼓).

엄밀히 말하자면 이초의 장기는 북이다.

현악기를 다루지 못한다는 것은 아니지만, 이초의 가치는 북을 연주할 때 비로소 빛을 발한다는 뜻이다.

현악기를 다루는 송현이 가르침을 청할 상대로 적합한지에 대한 의문이 드는 것은 어쩔 수 없는 일이었다.

하지만 오지겸은 그러한 자신의 생각을 털어냈다.

'내가 판단할 일이 아니지 않는가.'

송현은 스스로의 걸음으로 이초를 찾아 악양루까지 찾아온 사람이다.

이초의 장기가 북임을 모르지 않을 리 없다.

그럼에도 이초를 찾았다면 나름의 생각이 있을 터.

물론 그렇다고 무턱대고 송현을 이초에게 안내할 수는 없는 법이다.

"대인과는 어떤 사이이신지 여쭈어도 되겠습니까?"

"아, 예."

오지겸의 물음이 뜻하는 바가 무엇인지 알아들은 송현은 품에서 서찰을 꺼내 건넸다.

"은사님께서 이초 대인과 연이 있다고 하셨습니다. 이건 은사님께서 주신 추천서입니다."

대현(大絃) 이장명.

추천서를 봉한 겉면에 다섯 글자가 선명히 적혀 있다.

'대현?'

하지만 그 다섯 글자를 확인한 오지겸의 얼굴에 떠오른 의문은 더욱 짙어졌다.

악양루의 수석 악사를 지낸 이초의 명성은 이미 유명하다. 중원의 예인이라면 이초의 절애고라는 별호를 모르는 이가 없을 정도이다.

그에 반해 오지겸은 대현이란 별호를 들어본 바가 없다.

그도 그럴 것이, 이미 오래전에 교방에 들었으니 오지겸이 대현이란 별호를 기억하기엔 너무나 큰 괴리가 있는 탓이다.

순간 망설이던 오지겸은 이내 피식 웃음을 흘렸다.

'하긴 내가 판단할 문제가 아니지.'

비록 별호는 들어본 바가 없지만 추천서까지 쓸 정도라면 이초와 이장명이 아주 안면이 없는 사이는 아닐 것이다.

설혹 안면이 없다고 한들 그것은 오지겸의 선에서 판단할 문제도 아니었다.

"죄송하지만 이곳에서는 대인을 만날 수가 없습니다. 대인께선 이미 십여 년 전에 악양루를 떠나셨습니다."

"예?"

놀란 송현이 반문했다.

이자겸은 그런 송현에게 안심하라는 듯 웃음을 지어 보였다.

"하나 악양을 떠나신 것은 아니지요. 괜찮으시다면 그곳까지 안내할 사람을 붙여 드리겠습니다."

"아! 감사합니다."

순간 당황한 송현은 이내 활짝 웃으며 고개를 숙였다.

혹여나 이초를 만나지 못할까 하는 불안감이 가신 것이다.

송현의 인사에 오지겸은 웃으며 손을 들었다.

"찾아 계십니까."

그러자 점소이로 보이는 젊은 청년이 곧장 달려와 허리를 숙였다.

악양루 내에서 오지겸이 가지는 직위가 결코 낮지 않음을 어렵지 않게 유추할 수 있는 모습이다.

오지겸은 그런 점소이를 보며 고개를 끄덕였다.

"미안하지만 자네가 좀 도와주어야겠네. 이분을 수석악사님께 안내해 드리게나."

"예."

점소이는 공손히 고개를 숙였다.

"감사합니다."

"감사는요. 이 대인의 손님이시면 저희 악양루의 손님이시기도 합니다. 또한 손님께서 바라시는 일이… 저희 악양루 또한 바라는 일이니 당연한 일이지요."

오지겸이 점소이를 향해 눈짓을 보냈다.

"안내하겠습니다. 따라오시지요."

점소이는 그런 오지겸의 눈짓에 익숙하게 앞장서 송현을 안내했다.

그 바람에 송현은 더 이상 오지겸에게 질문을 하지 못한 채 점소이를 따라 걸어야 했다.

"가르침이라……."

점소이를 따라 계단을 내려가는 송현의 뒷모습을 바라보는 오지겸의 눈빛은 복잡했다.

오지겸은 한참을 송현의 뒷모습을 좇다 이내 고개를 저어 버렸다.

"아마 어려울 겁니다."

                    *   *   *

악양의 모습은 절경 아닌 데가 없었다.

점소이의 안내를 따라 붐비는 번화가를 빠져나와 한 시진을 걸은 송현은 눈앞에 펼쳐진 장관에 걸음을 멈출 수밖에 없었다.

저 멀리 작은 산이 보인다.

그리 높은 산은 아니지만 동쪽 절벽이 동정호를 끼고 있는 모습이 아름답다. 절벽 위로 난 이름 모를 들꽃과 소나무가 한데 어우러지니 한 폭의 명화를 보는 듯 착각이 일 정도이다.

물 흘러가는 소리, 바람결에 풀잎이 들썩이는 소리마저도 한데 어울려 좋은 음악을 듣는 듯했다.

걸음을 멈춘 송현은 걸음을 멈추고 가만히 눈을 감았다.

소리에 집중한다.

입가에는 절로 미소가 그려진다.

'나오길 잘했어.'

악양으로 오는 동안 한 번도 후회가 없던 것은 아니다.

사람이 많은 곳을 지날 때면 그 소리가 예민한 귀를 자극했다. 그럴 때면 제법 많은 심력을 소모해야 했다.

그러나 지금 이 순간만큼은 송현은 궁을 떠난 자신의 결정이 잘한 것이라 생각했다.

그만큼 자연이 들려주는 연주는 너무나 아름다웠다.

고즈넉하면서도 가슴이 확 트였다.

송현은 잠시 그 풍취를 음미하다 눈을 떴다.

자신을 바라보는 점소이의 시선을 느낀 것이다.

"아! 죄송합니다."

송현의 사과에 점소이는 황급히 고개를 저었다.

"아, 아닙니다. 어차피 다 왔습니다."

"네? 다 오다니요? 여기는 산밖에……."

송현은 의아하다는 듯 점소이를 바라보았다.

야트막한 산밖에 없다.

사람이 살 만한 마을은 적어도 송현의 눈이 미치는 곳에서는 보이지 않았다.

"수석악사님은 이 산길을 따라 올라가다 보면 어렵지 않게 만나실 수 있을 것입니다. 마땅히 소인이 끝까지 안내해야 함이 옳겠지만……."

점소이는 곤란한 표정을 지었다.

"실은 제가 안내할 수 있는 곳은 여기까지입니다. 그 이상은 수석악사님이 원치 않으십니다."

점소이는 흘깃 주위를 살피다 속삭이듯이 설명을 덧붙였다.

"이런 말씀드리면 안 되지만, 수석악사님께서 꽤나 불같은 분이시거든요. 저번에 멋모르고 올랐다가 된통 혼났지 뭡니까."

익살스런 표정을 지어 보이는 점소이의 모습에 송현은 웃으며 고개를 끄덕였다.

"예, 알겠습니다. 그럼 여기부턴 저 혼자 갈게요."

"예, 예. 악공님도 조심하십시오."

점소이는 거듭 허리를 숙이고 오던 길을 되돌아갔다. 그러면서도 못내 불안했는지 흘깃 송현을 되돌아보기를 반복했다.

송현이 혹여나 자신처럼 이초에게 혼나지나 않을까 걱정스러운 눈치다.

"그럼 가볼까?"

점소이의 걱정을 뒤로하고 송현은 산을 올랐다.

사람 하나 겨우 지나갈 만한 산길을 따라 오르는 길은 그리 어렵지 않았다.

급할 것도 서두를 것도 없다.

이따금씩 멈춰 서서 가만히 절벽 아래로 흐르는 동정호의 물길을 바라보기도 하고, 힘이 들 때면 나무 그늘 아래 앉아 땀을 식히기도 했다.

그렇게 얼마나 걸었을까.

산 너머로 해가 넘어가며 주위가 어스름해졌다.

느긋한 걸음으로 걷던 송현이 발길을 재촉한 것은 그때였다.

"저기구나!"

그리 멀지 않아 사람의 자취가 느껴졌다.

목에 방울을 맨 염소 무리가 보이기 시작했고, 저쪽에 옹기종기 모인 산촌 마을의 모습이 눈에 들어오기 시작했다.

이상한 점은 저녁이 다 되어가는 데도 연기가 피어오르는 집은 제일 위쪽에 위치한 초가가 유일했다.

송현은 마을에 가까이 가서야 그 이유를 알았다.

"소리가 없다."

사람이 모여 살다 보면 크든 작든 소리가 만들어지게 마련이다. 하지만 송현이 들어선 마을은 작은 인기척조차 들리지 않는다.

이초를 찾아 나선 길이니 송현의 발걸음은 자연 가장 위쪽에 위치한 초가로 향할 수밖에 없었다.

그때였다.

"어떤 놈이 기어 올라오느냐!"

별안간 신경질적인 외침이 산중의 적막을 깨고 울렸다.

가장 위쪽에 위치한 초가.

그 초가로 향하는 길 끄트머리에 늙고 왜소한 체구의 노인이 이쪽을 노려보고 있었다.

"아! 안녕하세요."

사람의 마음이란 간사한 것인지라 사람이 붐비는 것을 싫어하던 송현도 지금 눈앞에 자신을 노려보고 있는 노인이 반갑게 느껴졌다.

반나절 동안 사람 하나 없이 홀로 시간을 보낸 탓일 것이다.

반가움이 묻어나오는 송현의 인사에도 노인은 눈썹 하나 까딱하지 않았다.

"웬 놈이냐 물었다!"

"사람을 찾아왔습니다."

"사람? 이곳에 나 말고 누가 또 산단 말이냐? 누구냐, 그 찾는다는 놈이?"

사람을 찾아왔다는 송현의 말에 노인은 이해하기 힘들다는 표정을 지었다.

"절애고 이초라는 분이십니다."

신경질적인 물음에도 송현의 대답은 공손했다.

"……."

순간 노인이 입을 굳게 다문다.

"누구냐, 네놈은?"

한층 강해진 경계.

날카로운 기세로 송현을 노려보는 노인의 눈에 가득 힘이 들어갔다.

"네놈은 대체 누구기에 날 찾는단 말이냐?"

그가 바로 절애고(絶哀鼓).

이초였다.

*   *   *

"음……."

마루 맡에 앉은 이초의 입에서 신음이 흘러나왔다.

열린 방문에서 새어 나오는 불빛에 의지해 이장명의 추천서를 읽어 내려가던 이초의 표정은 더 이상 일그러지기 힘들 만큼 일그러졌다.

송현은 그런 이초의 대답을 기다리는 한편, 이초의 어깨너머로 열린 방문에 일렁이는 그림자를 살폈다.

"……."

어색한 침묵이 돌았다.

지병이 있는지 이따금씩 쏟아내는 이초의 기침 소리 말고는 어떠한 소리도 오가지 않는다.

그 어색한 침묵 속에서 송현은 이초의 대답을 기다렸다.

다행히 이초의 대답이 돌아오기까지는 그리 오랜 시간이 걸리지 않았다.

"…음을 가르쳐 달라고?"

"예."

"꺼지거라!"

송현의 대답이 끝나기 무섭게 냉랭한 이초의 대답이 돌아왔다.

"못 들었느냐? 내 꺼지라 하였다!"

그것도 모자랐는지 이초는 거듭 송현을 몰아쳤다.

이해하기 힘든 반응이었다.

"왜 그러시는지요?"

당황한 송현이 재차 질문을 던졌지만, 돌아오는 말은 송현으로서는 알아들을 수 없는 것이었다.

"기껏 벗어났다 했더니 네놈이 내 발을 잡으려 드는구나! 못 들었느냐? 어서 그 몸뚱이 내 집에서 치우거라!"

"……."

송현은 입을 닫았다.

느닷없는 폭언도 당황스럽거니와 이초가 왜 이렇게 막무가내로 나오는 것인지도 이해하기 힘들었다.

"오냐! 네놈이 고집을 부리려는 모양이구나!"

그런 송현의 모습을 고집 피우는 것이라 생각했는지 이초는 열린 방문으로 들어섰다.

딱!

방 안에서 무언가 날아왔다.

송현의 발치로 떨어진 그것은 젓가락이었다.

그것이 시작이다.

"어디 이래도 안 가고 버티는지 보자!"

거친 고함과 함께 이초는 방 안의 온갖 잡기를 내던지기 시작했다.

젓가락에 이어 목침이 날아왔고, 자기 그릇과 붓, 벼루가 뒤를 이었다. 방 안에 있는 모든 집기란 집기는 모두 내던질 기세였다.

송현은 피하지 않았다.

"이유를 말씀해 주십시오."

그렇게 얼마나 흘렀을까. 돌연 송현이 먼저 입을 열었다.

"이유?"

집기를 던져대던 이초는 송현의 요구에 반문하며 다시 마루 맡으로 모습을 드러냈다.

여기저기 헝클어진 모습에 거친 숨을 몰아쉬는 이초의 모습은 금방이라도 쓰러질 듯 위태로웠다.

"나는 이미 절음한 몸이다. 한데 네놈은 내게 음을 가르쳐 달라 하지 않았느냐!"

'아……!'

송현은 속으로 낮게 탄식했다.

이제야 이초의 격한 반응을 이해할 수 있었다.

절음을 한 이초에게 음을 가르쳐 달라는 것은 다시 음을 시작하라는 말과 다를 바가 없다.

그것은 어찌 보면 모욕이나 다름없었다.

"……"

송현이 입을 굳게 닫았다.

그런 송현의 모습에 이초는 충격을 받았다 여겼는지 조용히 입을 열었다.

이초의 어조는 전과 달리 차분하고 부드러웠다.

"이름이 송현이라고?"

"예."

"대현이 그놈이야 궁에 처박힌 이후로 연통을 한 일이 없으니 사실을 알 리 없을 것이다. 해서 네게 추천서까지 써서 보냈겠지. 하나 나는 이미 십여 년 전에 음을 떠났고, 그 마음을 돌릴 생각 또한 없다."

이초의 생각은 단호했다.

전처럼 화를 내지도 욕을 하지도 않았지만, 그렇다고 그 단호함이 사라지는 것은 아니었다.

"가거라. 내 오늘의 일은 없었던 것으로 하겠다."

이초가 송현에게서 고개를 돌려 버렸다.

명백한 축객령이다.

"……."

그러나 송현은 좀처럼 돌아갈 기미가 보이지 않았다.

그저 말없이 자리를 지킬 뿐이다.

"못 들었느냐? 가라 하지 않았느냐!"

이초가 그런 송현을 재촉했다.

그때였다.

"진정 절음하셨습니까?"

송현이 물었다.

이초가 이미 스스로 절음을 하였다 말했음에도 굳이 그것을 되묻는 송현의 행동은 분명 예의에 벗어난 행동이다.

"뭣이?"

대번에 이초의 목소리가 높아진다.

그러나 송현은 평소와 달리 물러서지 않았다.

"하면 저기 비치는 그림자는 무엇인가요? 비파, 칠현금, 북. 절음을 하신 분의 방에 왜 악기가 있는 것입니까?"

처음 추천서를 읽는 이초의 어깨너머로 방 안의 그림자를 살폈다.

부러 보려 한 것은 아니지만 흔들리는 불빛에 따라 일렁이는 그림자가 익숙해 눈이 갔다.

그 그림자가 송현이 이초에게 말한 비파와 칠현금, 그리고 북이었다. 교방의 악사로 지내온 송현이 그를 알아보지 못한다는 것은 있을 수 없는 일이다.

"그새 방을 엿본 것이냐?"

이초가 송현을 보며 으르렁거렸다.

송현은 고개를 숙였다.

"죄송합니다."

그러나 그뿐이다. 오히려 이초가 그런 송현을 향해 입을 열었다.

"그것이 무엇이 어쨌다고 그러는 것이냐?"

"저는 제 악기를 두고서야 궁을 떠날 수 있었습니다. 그렇지 않으면 떠날 수 없을 것만 같았으니까요."

송현의 목소리는 너무나 담담했다.

송현은 알고 있었다.

늘 무심하게 자신을 대하던 이장명이지만 언제나 밤이 되면 몰래 잠든 척하는 자신을 찾아와 짓물러 터진 손을 치료해 주던 사람 또한 이장명이었음을.

혈혈단신으로 궁에 들어 외로움과 언제 쫓겨날지 모른다는 불안감 속에 살아가던 송현에게 있어 그런 이장명의 말없는 마음씀씀이는 너무나 큰 의미의 것이었다.

때문에 짓물러 터져 고름이 나오는 손을 숨기며 웃을 수 있었다.

아프지 않았다.

걱정 끼치고 싶지 않았다.

스스로 한계를 느꼈을 때도, 더 이상 궁에 남아 있어서는 아무것도 이룰 수 없다는 생각이 확신으로 바뀌었을 때도 송현이 망설인 이유는 거기에 있었다.

이장명, 그리고 어느새 익숙해진 교방 악사로서의 삶, 그 속에서 알게 모르게 만들어온 추억들.

궁을 떠나는 순간 그 모든 것과 작별을 고해야 한다.

미련과 불안감이 송현의 발목을 잡고 좀처럼 놓아주지 않았다.

송현은 거문고를 두고 나서야 그 불안과 미련을 떨쳐낼 수 있었다.

거문고를 두고 왔기에 언제든 돌아갈 수 있는 것이다. 거문고를 두고 왔기에 만족할 만한 성취를 이루기 전까지 결코 돌아갈 수 없는 것이다.

악사에게 악기란 그런 것이다.

무인이 검으로 이야기하듯, 문인이 글로써 자신을 대변하듯, 악사는 악기로써 자신을 대신한다.

이초 또한 그것을 모를 리 없다.

비록 지금은 그가 스스로 절음을 했다 이야기하고 있지만 그 또한 한때는 악사였다.

절음을 했다면 악기 또한 버려야 함이 옳다.

아니, 버릴 수밖에 없다.

"악기를 곁에 두고도 괜찮으셨습니까. 단 한 번도 다시 악기를 연주하고 싶은 충동은 없으셨습니까?"

견물생심(見物生心).

물건을 보면 가지고 싶어진다.

그와는 다르지만 또한 같다.

음을 익힌 예인이 악기를 두고 한 번쯤 연주를 하고 싶어지는 마음이 생기는 것은 자연스러운 일이다.

이초가 진정 절음을 하였다면 결코 같은 공간 안에 악기를 둘 수는 없는 것이다.

이초는 절음하지 않았다.

때문에 무례를 알면서도 다시 물어본 것이다.

"…없다!"

그러나 이초는 끝끝내 고개를 저었다.

오히려 기세 높여 소리쳤다.

"단지 버리기 귀찮았을 뿐이다. 그깟 악기, 지금이라도 당장에라도 버릴 수 있는 것들이다!"

이초가 소리쳤다.

"……"

송헌은 침묵했다.

말없이 가만히 이초를 응시할 뿐이다.

그 모습이 마치 할 수 있으면 해보라는 듯 무언의 압박이 되어 이초를 억누른다.

"이, 이익!"

이초가 발작하듯 몸을 떨었다.

치켜 올라간 손은 당장에라도 송현을 향해 내려칠 것만 같은 기세다.

그러나 이초의 올라갔던 손은 이내 힘없이 내려갔다.

"그래, 네놈의 말처럼 내가 절음하지 못하였다고 하자."

방 안의 악기를 끝내 버리지 못했고, 처음 송현을 향해 방 안의 집기를 던질 때에도 악기는 건드리지 않았었다.

어쩌면 송현의 말처럼 절음하지 못하였는지도 모른다.

"하나 음을 떠나고자 하는 마음은 진심이다. 절음을 선언한 이후 단 한 번도 악기를 잡지 않은 것 또한 사실이다. 네게는 그것이 쉬운 일이라 보이더냐?"

절음을 선언하고 몇 년은 정말 악몽 같은 시간이었다. 이따금씩 솟아오르는 음악에 대한 충동은 집요하고 강렬했다.

온종일 스스로 손을 쥐어뜯었다. 미친놈처럼 맨발로 온 산을 뛰어다니기도 했다.

온몸이 낭자되고 숨조차 내쉬기 어려워질 만큼 진이 빠지고 나서야 치밀어 올랐던 충동을 잠재울 수 있었다.

그렇게 수년이다.

이초는 그 지옥 같은 나날을 버텨냈다.

"그제야 숨이 좀 트이더구나. 충동도 잦아들었고, 평안이란 것을 느끼기 시작한 것도 최근의 일이다. 한데 어찌하여 너는 내게 다시 음악을 하라 하느냐. 내가 보낸 그 악몽 같은 시간을 모두 공으로 돌리라 말하는 게야."

전과 같이 고함치지 않았다.

그러나 그 나지막한 목소리는 그가 내지른 어떠한 고함보다 엄중하게 느껴졌다.

송현은 그제야 고개를 숙였다.

"죄송합니다."

비록 절음은 아니었으나 송현 또한 황궁을 떠나기로 마음먹을 때까지 수많은 마음고생을 해야 했다. 절음을 위한 이초의 십여 년의 세월이 그보다 가벼울 리는 없다.

고개 숙인 송현의 모습에 그제야 이초의 얼굴에도 웃음이 감돌았다.

"안다. 당장 눈앞에 놓인 벽을 넘을 수만 있다면 무엇이든 해야만 했을 게야. 나 또한 예인이었으니 그 마음을 어찌 모르겠느냐."

눈앞을 가로막는 벽 하나를 뛰어넘기 위해 이초도 송현과 같이 처절하게 매달리던 과거가 있었다.

그 마음이야 모르지 않는다.

"하나 네게 음악이 중요하듯 내게는 절음이 무엇보다 중요한 일이구나."

"아······."

송현의 입에서 낮은 목소리가 흘러나왔다.

송현의 음악을 향하는 마음과 이초가 음악을 떠나려는 마음이 다르지 않았다.

음악의 연을 끊으려 하는 이초의 노력을 무시한 채 그저 자신의 입장만 앞서 철없는 아이처럼 생떼를 부린 것이나 다름없었다.

송현의 입가에 쓴웃음이 걸렸다.

'내 욕심만 앞서 생각이 짧았어.'

절음을 하였는지 하지 못하였는지는 중요하지 않았다.

진정으로 중요한 것은 결국 이초의 마음이었다. 그리고 이초의 마음은 음악을 떠나려 하고 있었다.

송현은 자리에서 일어났다.

허리를 숙인다.

이마가 바닥에 닿을 만큼 깊이 숙인 채 두 눈을 질끈 감았다.

욕심에 사로잡혀 이초를 헤아리지 못한 자신의 이기심이 너무나 부끄러워 견딜 수가 없었다.

"죄송합니다."

그 짧은 한마디에 마음을 모두 담았다.

송현은 자신의 진심이 이초에 닿기를 바랐다.

그 진심이 닿았음일까.

"클클클!"

이초가 웃는다.

쇳소리 섞인 듣기 거북한 웃음이었지만, 그 속에 담긴 감정이 결코 비웃음이나 경멸이 아님은 충분히 느낄 수 있었다.

조용히 웃음을 흘리던 이초가 말했다.

"이만 떠나거라."

송현은 그렇게 이초의 거처에서 발길을 돌려야만 했다.

송현이 떠나고 난 뒤,

이초는 마루에 앉아 송현이 떠나간 자리를 멍하니 바라보았다.

"그래도 본성이 나쁜 놈은 아니야. 근성도 좋고⋯⋯."

지금껏 이초에게 음악을 가르쳐 달라 찾아온 이들이 송현 하나만 있었던 것은 아니다.

그러나 송현만큼 이초를 힘들게 한 이는 단연코 없었다.

그럼에도 이초는 송현을 높게 평가했다.

그러다 이초가 고개를 갸웃거린다.

"한데 어찌하여 가락이 저놈을 따라다니는 것인가?"

송현을 처음 보았을 때,

그리고 송현이 떠나갔을 때,

이초는 분명 송현의 몸에 묻은 무언가를 보았다.

하나 그것이 왜 송현의 몸에 묻어 있는지, 그리고 그 가락이 무엇인지에 대해서는 이초도 알지 못했다.

고민하던 이초는 피식 웃음을 지었다.

"클클! 어차피 나와는 상관없는 일인데 고민이 무슨 소용이겠는가."

　절음한 마당에 송현의 몸에 묻어 있는 가락 따위는 이초에
게 상관없는 일이었다.

제3장
측은지심 (惻隱之心)

樂
武
林

악양루에서 바라보는 풍광은 언제 보아도 아름답다.

간만에 늦잠을 잔 송현은 길을 떠날 채비를 갖추고 악양루를 찾았다.

멍하니 창밖의 풍광을 바라보던 송현은 문득 고개를 숙여 손에 쥔 전낭을 바라보았다.

처음 궁을 떠나올 때만 해도 제법 묵직했던 것이 이제는 홀쭉해져 있었다. 전낭 안에 들어 있는 돈이라고 해봐야 이제 고작 은자 서넛이 전부다.

'궁을 떠나니까 신경 쓸 게 많구나.'

교방의 악사로 지낼 때에야 크게 신경 쓰지 않았던 것들이다.

돈이라면 많지는 않아도 부족하지 않을 정도로 꼬박꼬박 들어오는 녹봉이 있었고, 그마저도 혼자 사는 처지이다 보니 딱히 쓸 데도 없었다.

그러나 지금은 다르다.

이제는 들어오는 녹봉도 없건만 나가야 할 돈은 너무나 많았다.

밥을 먹는 것도, 잠을 자는 것도, 하다못해 길을 떠나는 것도 모두 돈이 들었다.

송현이 궁을 떠나온 생활에 어색함을 느끼는 사이였다.

"오랜만에 뵙습니다."

익숙한 목소리가 송현의 정신을 깨웠다.

마흔은 됨직한 악양루의 중년 악사 오지겸이다.

웃음을 지으며 다가온 오지겸은 송현의 차림을 보고 잠시 걸음을 멈칫했다..

"떠나시려는 겝니까?"

송현은 머쓱하게 웃으며 머리를 긁적였다.

"예."

"역시 쉽지 않으셨지요?"

"괜한 무례만 저질렀습니다.

오지겸은 이미 이해했다는 듯 고개를 끄덕이고는 송현의 맞은편 의자에 자리를 잡고 앉았다. 그리고 멍하니 창밖에 펼쳐진 악양루의 풍경을 바라본다.

한동안 두 사람 사이에는 아무런 말도 오가지 않았다.

먼저 입을 연 것은 오지겸이었다.

"그럼 이제 어찌하려 하십니까?"

처음 송현이 악양을 찾아온 목적은 이초의 가르침을 얻기 위함이었다.

그러나 송현은 이초의 마음을 돌려놓는 데 실패했으니 더는 악양에 머물러야 하는 이유는 없어진 셈이다.

송현은 고개를 저었다.

"모르겠군요. 그래도 당분간은 이곳에 머무를 생각입니다. 풍류의 도시 악양이니 배울 것도 많겠지요."

송현은 솔직히 대답했다.

그저 더 이상 궁 안에 머물러서는 눈앞의 벽을 깨지 못할 것임을 알기에 궁을 떠날 것을 결심했고, 궁을 떠나고 나서야 이장명의 말을 따라 이초를 찾아 악양으로 향했을 뿐이다.

이초의 마음을 돌리지 못한 지금에 와서는 더 이상 계획이라 할 만한 것이 없었다.

"그러시군요. 중원은 넓으니 필히 가르침을 구할 곳이 있으실 겁니다."

오지겸은 고개를 끄덕이며 송현을 위로했다.

송현은 그런 오지겸의 마음씀씀이에 웃으며 고개를 숙였다.

"감사합니다. 저… 그런데 혹 질문을 해도 괜찮을까요?"

그리고는 조심스럽게 질문을 꺼낸다.

오지겸은 조심스런 송현의 모습에 이미 짐작한 바가 있는 듯 웃으며 고개를 끄덕였다.

"허허허. 예, 얼마든지요. 아마 수석악사님에 대한 질문이 겠지요?"

"아, 아셨습니까?"

송현은 놀라 눈을 크게 떴다.

그저 질문을 해도 괜찮겠냐고 했을 뿐인데 오지겸이 이미 무엇에 대해 물을지 정확히 알고 있는 것이 놀라웠다.

오지겸은 웃었다.

"허허허, 그야 당연한 일이지요. 이 중원에서 수석악사님 께서 쌓아올린 예인으로서의 명성은 결코 낮지 않습니다. 현재의 악양루를 만들어낸 분이 바로 수석악사님이시니 말입니다."

악양루의 역사는 아주 오래되었다.

이백과 두보, 그리고 여러 시인묵객이 악양루의 아름다움을 노래했다.

그러나 그것이 현재의 악양루를 완성한 전부는 아니다.

절애고 이초.

악양루의 본격적인 성장은 이초가 악양루의 수석악사로 자리매김하기 시작하면서부터 시작되었다. 그리고 그것은 이초가 가진 예인으로서의 능력이 있었기에 가능했다.

"수석악사님께서 절음을 선언한 이후에도 많은 악공이 찾아왔습니다. 그들은 모두 수석악사님께 한마디 가르침이라도 얻고자 하였지요. 하나……."

"마음을 돌리신 분은 없었군요."

송현은 짐작했다는 듯 오지겸의 말을 받았다.

먼저 온 악공들 중 이초의 마음을 돌린 이가 있었다면 송현이 이초에게 가르침을 얻고자 했던 마음을 돌릴 이유 또한 존재하지 않았다.

그러한 송현의 말이 틀리지 않았음을 확인시켜 주듯 오지겸은 고개를 끄덕였다.

"예, 그렇습니다. 그리고 그들은 하나같이 이곳 악양루를 찾아와 물었습니다."

"도대체 어떤 이유로 절음을 선언하셨는지에 대해서요?"

이번에도 송현이 오지겸의 말을 받았다.

그것은 너무나 예측하기 쉬운 문제였다. 바로 송현이 오지겸에게 묻고 싶은 질문이었으니까.

오지겸은 그저 웃었다.

"그렇다면 제 대답이 어떠한지도 알고 계시겠습니다."

"아마… 대답해 주기 힘드실 것이라 생각하고 있습니다."

"예, 그것은 수석악사님께서 직접 말씀하실 이야기이니 어찌 저희가 입에 담겠습니까. 아마 악양루의 누구도 그에 대해 입에 담지 않을 것입니다."

"그렇군요."

송현은 고개를 끄덕였다.

오지겸의 말이 틀린 데가 없다.

이초가 무슨 이유에서 절음을 선언하였든 그것은 이초에게 아주 중요한 문제일 것이다.

악양루에서 이초를 생각하는 마음이 결코 가볍지 않으니 그에 대해 함부로 입을 놀리지 않는 것 또한 충분히 이해할 만한 일이다.

송현은 웃었다.

'예상은 하고 있었지만……'

오늘 악양루를 향해 길을 잡았을 때부터 예상한 일이다.

그래도 혹시나 하는 바람은 가지고 있었다. 그리고 이제 그 바람이 속절없음을 알았다.

"그렇군요. 그간 감사했습니다."

송현은 꾸벅 허리를 숙여 인사했다. 그리고 자리에서 일어났다.

"허……."

송현이 조금 더 매달릴 것이라 생각했던 것인지 오지겸은 멀어져 가는 송현의 뒷모습을 가만히 바라보았다.

결국 오지겸도 송현을 따라 자리에서 일어났다.

"혹 그것이 왜 궁금하셨는지 여쭈어도 되겠습니까?"

그 목소리가 악양루를 벗어나려는 송현의 발걸음을 붙잡았다.

송현을 몸을 돌려 오지겸을 바라보며 답했다.

"그냥 힘들어 보이셔서요. 그렇게 힘이 드는데… 어째서 그렇게까지 음을 떠나고 싶어하시는지 그 이유가 궁금했을 뿐이에요."

"그, 그렇구려."

오지겸은 어색하게 고개를 숙였다.

그사이 송현은 이미 다시 한 번 꾸벅 허리를 숙여 보이고는 악양루를 떠나 버렸다.

남겨진 오지겸은 엉거주춤한 자세로 선 그대로였다.

오지겸의 눈빛은 복잡했다.

"다, 단지 그것뿐이었다?'

송현의 입에서 나온 대답은 너무나 단순한 이유였다.

그러나 그 단순함이 오지겸에게는 너무나 낯설게만 느껴졌다.

'지금껏 저런 이가 있었던가?'

이초의 고집을 꺾지 못한 많은 악공이 악양루를 찾아왔다. 그리고 왜 이초가 절음을 하게 되었는지 그 이유를 묻곤 했다.

송현도 거기에서 벗어나지 않았다.

그러나 달랐다.

악양루를 찾아온 악공들은 모두 미련을 갖고 찾아왔다. 이초가 절음을 하게 된 이유를 묻는 것 또한 마지막으로 이초의 마음을 돌려볼 여지를 구하기 위함이었을 뿐이다.

그런데 송현은 그저 궁금해했을 뿐 미련은 없다.

왜 그토록 힘들어하면서도 절음을 하는 것인지에 대한 단순한 궁금증일 뿐이다.

같은 악공으로서 단지 음을 떠나려 애쓰는 악공을 이해하고 싶어하는 마음뿐이다.

오지겸에게는 그 작은 차이가 너무나 크게 느껴졌다.

"허, 아쉽습니다."

낮게 한탄이 흘러나온다.

우습게도 정작 그 한탄을 흘리는 오지겸은 자신이 무엇을 그리 아쉬워하고 있는지 모르고 있었다.

*   *   *

그 후 송현은 며칠 동안 악양에 머물렀다.

악양은 풍류의 도시라 불리는 만큼 많은 시인묵객이 찾는 곳이다. 음악을 익힌 예인들도 살면서 한 번쯤은 악양의 동정호를 눈앞에 두고 음악을 연주하길 꿈꾼다.

그러니만큼 가르침을 구할 곳이 있을지도 모른다. 그것이 아니더라도 견문을 넓히기에 이곳만큼 좋은 곳은 없을 것이라 송현은 생각했다.

이른 아침에 일어나 저녁 늦게까지 악양의 이곳저곳을 거닐었다.

사람이 있는 곳이라면 예인이 있고, 경치가 있는 곳이라면 예인이 있다.

송현은 많은 음악을 들었다.

유명한 시가에 음을 덧붙여 연주하는 이들이 있는가 하면, 그때그때 떠오르는 영감을 중심으로 즉흥적으로 가락을 뽑아내는 이들도 있었다.

하지만 아쉽게도 가르침을 구할 만한 이를 찾는 길은 요원했다.

풍류의 도시 악양이라지만 교방의 악사 자리까지 오른 송현의 음악적 경지를 뛰어넘는 이를 찾는 것은 그만큼 쉬운 일이 아니었기 때문이다.

송현은 실망하지 않았다.

비록 가르침을 구할 이는 만나지 못했지만, 지금 악양에서 보고 듣는 모든 것이 중요한 경험이 되어줄 것임을 알기 때문이다.

그렇게 이레의 시간이 흘렀다.

송현은 아침 일찍 악양의 거리로 나섰다. 동정호를 보기 위해서였다.

이른 아침 동정호의 풍경은 또 다른 멋을 만들어낸다.

새벽 사이 피어오른 물안개에 휩싸인 동정호를 내려다보고 있노라면 마치 구름 위에 올라선 신선이라도 된 듯한 기분이다.

그 몽환적이면서도 아름다운 풍광이 송현의 관심을 끈 것이다.

한 푼이라도 아끼기 위해 악양 외곽 후미진 곳에 숙소를 잡은 송현이 동정호로 가기 위해서는 악양의 번화한 거리를 가로질러야 했다.

송현은 이제는 익숙해져 가는 그 길을 걸어 동정호로 향했다. 거리는 어느새 하나둘 모여든 사람들로 인해 가득 찼다.

붐비는 사람들 틈을 비집고 걸음을 옮기는 것도 이제는 그리 힘든 일이 아니었다.

그때였다.

"아이고! 살려주십시오, 나리!"

한창 걸음을 옮기던 송현의 걸음을 붙잡는 소리가 있었다.

머리에 흰 수건을 두른 아낙이 악기점의 상인 바짓가랑이를 붙잡고 사정한다.

"아! 이것 안 놔? 식전부터 재수 없게 별 거지 같은 것이! 카악, 퉤!"

사나운 인상의 악기상은 그런 아낙의 손길을 거칠게 떨쳐내며 재수 없다는 듯 가래침을 뱉어낸다.

"우아아앙! 우리 엄마한테 뭐라고 하지 말아요!"

채 열 살도 되지 않은 아이는 거리로 내팽개쳐지는 아낙의 치맛자락을 꼭 붙든 채 울음을 터뜨린다.

그 가련한 모습이 송현의 발길을 붙잡은 것이다.

어느새 아낙과 아이, 그리고 상인의 주위로 사람들이 몰려들었다.

송현은 그 사람들 틈에 섞여 소란을 지켜봤다.

내팽개쳐진 여인은 몰려든 사람들의 시선에도 아랑곳하지 않고 상인을 붙잡고 애원한다.

그만큼 절실하다는 뜻이리라.

"살려주십시오, 나리! 나리가 아니면 이 아이 아비는 죽습니다, 나리!"

눈물을 흘리며 매달린다.

절박한 아낙의 심정만큼이나 상인의 바짓가랑이를 잡은 아낙의 손길은 악착같았다.

"이, 이잇! 노, 놓아라, 이년아! 말이 되는 소리를 해야지, 말이!"

그 절박한 손길에 당황한 상인이 이러지도 저러지도 못하고 당황하고 있다.

들려 올라간 상인의 손을 보아하니 뺨이라도 한 대 내려쳐 아낙을 떨쳐내고 싶어 하는 듯했으나, 구경꾼들이 많으니 그 눈치 때문에 차마 그러지는 못하는 듯했다.

그러다 상인의 눈빛이 일변한다.

"이, 이깟 쓰레기를 은자 두 냥에 사달라는 게 말이 되는 소리야! 에잇!"

"아, 안 됩니다, 나리!"

악기상은 여인의 품에 안긴 무언가를 억지로 꺼내 바닥에 내팽개쳤다.

일의 발단이 그것에서부터 시작된 것일 터다.

내팽개쳐진 그것은 비파(琵琶)였다.

바닥에 내팽개쳐진 비파는 한눈에 보아도 그 상태가 좋은 편이 아니었다. 여기저기 낡고 해진데다가 현도 이미 상당히 상해 있었다.

창백한 얼굴로 질색을 하며 내팽개쳐진 비파를 품에 꼭 끌어안는 아낙의 얼굴에는 서글픔이 가득했다.

상인은 그런 아낙을 냉랭하게 쳐다봤다.

"다시는 얼씬거리지 말거라! 내 참, 아침부터 재수가 없으려니 별!"

그리고는 더 이상 눈길조차 주지 않고 고개를 돌려 버린다.

"으아아앙! 엄마!"

놀란 아이는 제 어미를 끌어안고 눈물을 쏟아냈다.

"……"

아낙은 말이 없었다.

한동안 말없이 그저 품안의 비파만 소중히 끌어안은 채 바닥에 주저앉아 있다.

그러나 언제까지 그럴 수만은 없는 일이다.

"가자꾸나."

아낙은 눈물투성이가 되어버린 아이를 이끌고 도망치듯 거리를 벗어났다.

그렇게 얼마나 걸었을까.

아낙을 불러 세우는 목소리가 들렸다.

"부인, 실례가 되지 않는다면 제가 한번 비파를 살펴보아도 되겠습니까?"

목소리의 주인은 송현이었다.

시장가 작은 다루에 송현과 아낙이 마주 앉았다. 아낙의 옷자락을 잡고 따라온 아이는 이내 주문한 다과가 나오자 송현의 눈치를 살피며 과일을 하나 입에 베어 물고 오물거렸다.

그 모습이 귀여워 절로 웃음이 나야 하건만 자리는 너무나 무겁기만 했다.

침묵을 깬 것은 아낙이었다.

"여, 여기 있습니다."

아낙은 지금껏 소중히 끌어안고 있던 비파를 꺼내 송현에게 내밀었다.

"지아비께서 아끼시던 악기입니다."

그리고 설명을 덧붙인다.

"음……."

그사이 송현은 조심스럽게 받아 든 비파를 살폈다. 그러나 그 표정은 어둡기만 했다.

'악기로서는⋯⋯.'

아낙이 건넨 비파는 너무나 보잘것없었다.

잔뜩 손때가 묻은 것을 보면 결코 비파를 소홀히 대한 것은 아니었다. 그러나 너무 낡았다. 여기저기 세월의 흔적이 역력하게 묻어나온다. 한동안 관리하지 못했는지 현은 이미 다 낡아 금방이라도 끊어질 듯했다.

"죄송하지만 이건 악기로서의 수명은 다했습니다."

비파를 살펴보던 송현은 침중하게 말했다.

가장 큰 문제가 있었다.

단지 낡은 것만으로는 악기의 수명이 다하지 않는다. 문제는 따로 있었다. 직경(直徑). 비파의 목과 머리 부분에 해당되는 직경이 금방이라도 부러질 듯했다.

끊어질 현이야 갈면 그만이고 낡은 흔적이야 무시하면 그만이다.

그러나 직경이 부러지면 더 이상 악기로서의 생명은 끝이 났다고 보아야 한다.

"그, 그럴 리가요. 남편이 얼마나 아낀 비파인데⋯ 그, 그럴 리가 없습니다, 나리! 남편이 연주할 때면 항상 좋은 소리가 났는걸요. 남편도 그 소리 때문에 은자 넉 냥이나 주고 어렵게 장만한 것입니다."

아낙은 송현의 말에 큰 충격을 받은 듯했다.

놀란 정신에 두서없이 설명하는 아낙의 말에는 조리가 부족했다.

그러나 한 가지,

송현의 신경을 끄는 것이 있었다.

"은자 넉 냥이요? 누구한테 은자 넉 냥을 주고 이것을 사셨습니까?"

"아까 그……."

아낙이 말끝을 흐리고 고개를 숙인다.

그런데 송현은 굳이 그것을 확인하고자 함인지 다시 한 번 되물었다.

"아까 그 악기상에게 이 비파를 은자 넉 냥에 사셨단 말입니까?"

"…예."

아낙이 기어들어 가는 목소리로 대답했다.

여인의 몸으로 모두가 보는 길거리에서 그 망신을 당했다.

그때야 절박했으니 그랬으나 그마저도 무너진 지금은 모두 다 창피한 일이 되어버리고 만 것이다.

"흠……."

송현의 입에서는 침음성이 흘러나왔다.

송현은 미간을 잔뜩 찌푸렸다.

'애초에 하품이었다. 비파는 얼마 가지 않아 망가질 운명

이었다.'

만들기를 하품으로 만들었다. 직경에 깊게 박힌 옹이나 울림통에 자리 잡은 옹이를 보아도 알 수 있었다. 옹이 주변에 가는 실금이 가 있다.

그럴 수밖에 없다.

옹이가 깊게 자리한 악기는 그 수명이 지극히 짧다.

지금 직경이 부러지려 하는 것도, 비파가 악기로서의 수명을 다한 것도 모두 그 때문이다.

하급의 목재로 만들어낸 비파이다.

은자 넉 냥은커녕 한 냥도 아까운 비파다.

사기를 당한 것이다.

"다시, 다시 한 번 살펴주시면 안 되겠습니까, 나리?"

그러는 사이에도 아낙은 현실을 믿을 수 없다는 듯 송현에게 다시 비파를 살펴봐 주기를 부탁했다.

송현은 무겁게 고개를 저었다.

"죄송하지만 다시 살펴보아도 소용없는 일입니다."

냉정하리만큼 송현은 단호하게 대답했다.

아낙의 두 눈에 깊은 절망이 어렸다.

"아, 어찌……."

멍하니 하늘을 바라보며 중얼거리는 아낙은 온몸에 힘이 빠져나가 버린 듯했다.

"엄마?"

아이가 그런 어미의 모습에 놀라 급히 아낙의 소맷자락을 잡아당긴다.

그럼에도 아낙은 실 끊어진 인형처럼 흔들거릴 뿐 좀처럼 정신을 차리지 못하고 있다.

투둑.

아낙의 두 눈에서 눈물방울이 떨어져 내린다.

"혹 사정을 들을 수 있겠습니까?"

송현이 알지 못하는 또 다른 사정이 있어 보인다.

송현의 물음에 아낙은 한참이 지나서야 정신을 차렸다. 급히 소맷자락으로 눈물자국을 지워낸 아낙은 좀처럼 입을 열지 못했다.

"그이는 악사셨습니다. 악양에서 이름만 대면 알아줄 만큼 유명한 악사는 아니었으나 우리 가족 하나 먹고사는 데는 그리 어렵지 않았습니다."

평범한 이야기다.

궁핍한 악사를 가장으로 둔 이라면 누구나 그리 말했을 법할 만큼 평범하고 진부한 이야기다.

그러나 그것은 시작일 뿐이었다.

"부족하지만 배곯지 않고 저희 세 식구 함께 사는 것만으로도 행복했습니다. 하나 두 해 전 사고가 있었지요."

"사고라면?"

"유독 그날은 늦게 돌아오시더군요. 별다른 일 없으면 초

측은지심(惻隱之心) 105

저녁이면 돌아오던 그이가 그날은 축시가 다 되어서야 돌아오셨으니까요. 손이 붉었습니다. 손을 감싼 천이 붉은 피로 흥건했습니다. 놀란 마음에 급히 벗겨낸 천에는 있어야 할 손가락 두 개가 보이지 않더군요. 뻘건 상처와 뼛조각만 튀어나와 있을 뿐 항상 그이에게 있던 그것이 없었습니다."

"아……."

송현은 눈을 감아버렸다.

손가락을 잃었다. 어떠한 사정으로 잃은 손가락이든 예인에게 손가락이 없어졌다 함은 그저 신체의 일부가 사라졌음을 의미하는 것이 아니었다.

예인으로서의 삶이 끝난 것이나 진배없었다.

'그래서… 그래서 현이 그리 낡았던 것이구나!'

손때는 가득한데 현은 낡아 금방이라도 끊어질 듯했다. 한동안 관리를 하지 못해 현을 갈아주지 못했다는 의미다.

그리고 이제 왜 현을 갈아주지 못하였는지를 알 수 있었다.

더는 악사가 될 수 없으니 비파의 현 따위는 이제는 필요 없어져 버린 것이다.

"소리쳤습니다. 의원에겐 가보았느냐고. 대체 어찌 된 일이냐고."

"어떻게 된 일이었습니까?"

"시비가 붙었다네요. 평소 그이를 마음에 들어하지 않는 파락호가 있었다고 합니다. 그리고 그날 그 파락호와 시비가 생겨 그만……."

파락호와의 시비가 생겨 손을 잃었다.

악사가 거친 파락호를 당해낼 재간은 애초에 없었을 것이다. 비록 귀로 듣지 못하였으나 어찌 된 일인지 대략 짐작이 가고도 남음이다.

아마 무리한 요구를 했을 것이다. 작정을 하고 시비를 걸고 아낙의 남편이 물러설 수 없게 만들었을 것이다. 그리고 원하는 대로 손가락을 앗아갔을 것이다.

"그이는… 강한 사람입니다. 손을 잃고 더는 악기를 연주하지 못하게 되었음에도 그이는 웃었지요. 그리고는 다음 날 새벽 아물지도 않은 손을 가지고 밖으로 나갔습니다. 그이가 항상 가지고 다니던 비파는 방 안에 덩그러니 남겨진 채였지요. 그이는 그날 저녁이 되어서야 돌아왔습니다. 품에는 얼마간의 돈이 들려 있었지요."

"막일을 하신 겁니까?"

"예, 강한 사람이니까요. 손가락은 잃었지만, 평생 함께하던 음악은 더 이상 연주하지 못하지만 그래도 가족이 있었으니까요."

악사이지만 가장이다.

더는 악사가 될 수는 없지만 그는 여전히 가장이었다.

그렇기에 돈을 벌어야 했다. 식구를 부양해야 하고 가족을 지켜야 했기 때문이다.

쉬울 리 없다.

배운 것이라고는 음률을 연주하는 것밖에 없는 사내가 뒤늦게 밥벌이를 한다는 일은 힘들고 고된 일이다. 그마저도 온전한 몸이 아니다.

"일 년을 그리 버티셨습니다. 일 년을 그리 버티셨으니 탈이 날 수밖에요. 병에 걸리셨습니다. 새벽에 출근하다 쓰러지셨습니다. 폐병이라더군요."

"아……."

아물지도 않은 몸으로 막일을 나섰다.

익숙하지 않은 고된 막일이 더욱 몸을 망가뜨렸을 것이다. 기력이 쇠하고 상처는 곪는다. 그것은 언제가 되었든 터져 버릴 고름이다.

그것이 폐병이 되었다.

"지아비가 병이 걸렸는데도 부인 된 저는 할 수 있는 것이 아무것도 없었습니다. 그저 하루하루를 힘겹게 버텨내는 것이 제가 할 수 있는 전부였지요. 치료는 감히 꿈도 꾸지 못했으니 그 병이야 오죽 깊어졌겠습니까. 그이는 이제 자리에서 일어서지도 못합니다. 오늘 아침에는 또다시 피를 한 됫박이나 쏟으셨습니다."

"그래서 비파를 팔려 하셨던 겁니까?"

"한때나마 지아비가 아끼던 악기입니다. 그것을 팔아 치료라도… 아니, 약 한 첩이라도 지어는 봐야겠다 생각했습니다."

고개를 푹 숙인 아낙의 눈에서 눈물이 흘러내린다.

스륵.

고개 숙인 아낙의 무릎 위로 하얀 수건이 떨어져 내렸다. 처음부터 아낙의 머리를 감싸고 있던 수건이다.

'아, 머리칼마저……'

송현은 입을 다물지 못했다.

여인의 머리칼이 비구니의 그것처럼 민둥하다.

쓰러지는 가정을, 깊어만 가는 병에 거동조차 하지 못하는 남편을 그저 지켜만 볼 수밖에 없었다 말한 여인의 말은 거짓말이었다.

아낙은 최선을 다했다. 여인의 상징이라 할 수 있는 머리칼마저 내다팔면서까지 그녀는 가정을 지키려 애썼다.

비파도 끝끝내 버티다 못해, 당장 숨넘어갈 듯 죽어가고 있는 남편을 보다 못해 팔러 나선 것일 터이다.

"……"

송현은 잠시 말이 없었다.

마음이 복잡하고 머릿속엔 갈등이 가득했다. 그러나 끝내 눈을 질끈 감아버릴 수밖에 없었다.

"다시 한 번 말씀드리지만 비파는 더 이상 악기로서의 가치가 없습니다. 처음부터 은자 넉 냥의 가치조차 없던 악기입니다."

"······."

아낙은 입을 꾹 다물었다.

새삼 다시 현실을 확인시키려는 송현의 모습이 야속하고 밉기라도 할 법하건만 여인은 그저 죄 지은 사람처럼 고개를 숙이고 있을 뿐이다.

하지만 송현의 말은 아직 끝나지 않았다.

"제게 맡겨주십시오. 제가 팔아드리지요."

돕고 싶었다.

제4장

거리의 악사(樂士)

樂武林

송현은 아낙과 함께 거리로 나섰다.

처음 아낙을 보았던 그 거리로 당당히 걸어갔다. 아낙과 이야기하는 동안 제법 많은 시간이 흐른 탓인지 거리엔 아까보다 많은 사람이 가득 차 있었다.

송현은 그 거리 가운데 아낙을 밀쳐냈던 악기상의 악기점 앞에 섰다.

"악기 팝니다!"

오가는 군중 속에서 송현이 소리쳤다.

밑도 끝도 없이 시작된 외침이었지만, 송현의 목소리는 군중을 뚫고 선명하게 울려 퍼졌다.

길을 오가던 사람들의 시선이 송현을 향한다. 아직은 흘깃 거리는 정도에 불과했지만 송현은 실망하지 않았다.

오히려 더욱 크게 목청을 키웠다.

"상품, 아니, 최상품의 가치를 가진 악기입니다!"

움찔.

송현의 목소리에 사람들의 걸음이 잠시 멈춘다. 최상품의 가치를 가진 악기라 했으니 관심이 생긴 것이다.

사람들이 하나둘 몰려든다.

송현은 그 후로도 한참이나 목청을 높여 악기를 판다고 소리쳤다.

"재수 없으려니까 이제는 별놈이 다 지랄하는구만! 이보시오! 남의 가게 앞에서 뭣 하는 짓이오!"

그리고 그중에는 아낙을 내쫓았던 상인도 끼어 있었다.

자신의 악기점 앞에서 송현이 악기를 판다고 호객 행위를 하고 있으니 그냥 넘어갈 수는 없었다.

흥분으로 얼굴이 벌겋게 달아오른 상인이 송현을 향해 삿대질을 해댔다.

사람들이 많아 심한 욕은 하지 못했으나 그뿐이다.

송현은 그런 상인에게 꾸벅 허리를 숙였다.

"죄송합니다. 잠시만 실례하겠습니다."

"실례는 무슨 실……!"

상인이 무어라 하기도 전이다.

송현은 품속에서 비파를 꺼내 사람들에게 내보였다.

"이것이 최상품의 비파입니다! 비록 보기에는 이처럼 낡았으나 본디 상품의 악기란 능력 있는 악인이 오랜 시간 공을 들여 길을 들여야 진정한 상품의 악기라 할 수 있습니다!"

송현의 말에 사람들이 고개를 끄덕인다.

속설로 알려진 이야기다. 상품의 악기는 좋은 재료에 뛰어난 장인의 실력이 더해져 만들어지기도 하지만, 때때로는 오랜 시간과 노력이 상품의 악기를 만들어내기도 한다.

명기라 칭해지는 유명한 몇몇의 악기도 오랜 시간 동안 뛰어난 악사의 손을 거쳐 공들여 길을 들여 이루어낸 것들이었다.

"응, 그건? 이보시오, 지금 장난치시는 것이오? 그따위 쓰레기가 무슨 최상품의 악기란 말이오?"

상인이 가장 먼저 송현을 향해 독설을 내뿜었다.

'저건 필시 오늘 아침 보았던 물건이 아닌가!'

아침에 자신을 찾아온 아낙이 내밀었던 비파와 한 치도 틀림없이 똑같다.

악기상을 운영하고 있으니 악기를 보는 눈썰미만큼은 뛰어나다 자부하는 상인이다.

그리고 그런 상인의 예상을 확인이라도 시켜주듯 송현의 곁엔 아침에 바짓가랑이를 잡고 사정하던 아낙과 눈물을 쏟아내던 그녀의 아이가 함께하고 있다.

"아아, 이제 보니 또 네년… 아니, 부인이구만! 부인은 대체 이따위 쓰레기가 무엇이라고 내 가게에서……."

"쓰레기라니요!"

송현이 상인의 말을 잘랐다.

짐짓 기분이 상한 듯 인상을 찡그린 송현의 눈빛에 상인의 인상도 고약해져 갔다.

"대체 무슨 연유로 이러한 짓거리를 하는지 모르겠으나, 대체 그게 어딜 보아서 상품이요, 상품이! 그깟 쓰레기, 내 가게 앞에서 치우시오!"

욕은 하지 않았지만 상인의 어투는 충분히 모욕적이었다.

자고로 불구경과 싸움 구경이 제일 재미있는 구경이라 했다.

처음 송현의 목소리에 모여들었던 구경꾼들에 싸움 구경을 하기 위해 몰려든 새로운 이들로 주위는 어느새 사람들로 가득 찼다.

송현은 상인을 바라보았다.

염소수염을 기른 상인의 날카로운 눈매가 제법 매섭다.

그러나 그뿐이다.

"쓰레기가 아닙니다. 이것은 분명 상품의 악기입니다."

"그놈의 상품의 악기는 무슨! 그래, 좋소! 한데 그 말을 대체 누가 믿는다는 말이오? 눈 있는 사람 중 누가 그대의 말을 믿겠느냔 말이오!"

상인은 고개를 둘러 구경꾼들의 호응을 유도했다.

성난 듯 보이던 상인의 입가에 비웃음이 맺혀 있다.

'대체 무슨 속셈으로 이러는지는 모르겠지만, 세상만사 우
긴다고 되는 줄 아느냐!'

어차피 눈 있는 사람이라면 안다.

송현이 내보인 비파가 얼마나 낡고 보잘것없는 것인지는
굳이 소리를 들어 확인할 필요도 없었다. 그러한 상인의 예상
과 같이 구경꾼 몇몇은 말없이 고개를 끄덕이며 상인의 말에
동조하고 있었다.

"증명해 보이겠습니다."

그때 송현이 말했다.

자신의 뜻에 동의하는 듯한 구경꾼들의 모습에 기세가 올
랐던 상인이 놀라 송현을 바라봤다.

"증명이라니? 무슨 수로 증명하겠다는 말이오? 괜한 호기
부리지 말고……."

"연주하겠습니다."

"……."

상인은 자신의 말을 끊어버린 송현의 말에 입을 꾹 다물었
다.

연주를 한다고 했다.

확실히 악기의 질을 증명함에 있어 연주만큼이나 편한 방
법도 없다.

어차피 악기란 소리를 위한 도구이니까.

'저놈이 대체 무슨 자신감이란 말인가! 달리 믿는 구석이라도 있단 말인가?'

상인은 송현과 아낙을 번갈아 살폈다.

송현이 이처럼 자신만만하게 나서는 것을 보니 자꾸만 불안한 마음이 드는 것이다.

그러나 이내 상인은 자신의 불안감을 부정했다.

'아니다. 그럴 리 없다. 이 자리에서 연주하겠다고 하지 않았는가. 그렇다면 허튼 속임수는 쓰지 못할 것이야.'

이렇게 많은 사람이 모여 있는 자리다.

이 많은 사람의 눈을 속이고 속임수를 쓸 수는 없는 법이다.

그렇게 생각하니 마음이 놓인다.

'고집을 꺾기 싫어 호기를 부리는 모양이다만 그뿐이다.'

어차피 송현의 손에 들린 비파는 하품도 되지 않는 악기였다.

상인인 그가 직접 팔았고 또 오늘 직접 확인한 사실이다. 그러니 의심할 여지가 없었다.

생각을 굳힌 상인은 자신감을 되찾았다.

"훙! 그럼 어디 한번 해보시게. 그 비파가 그리 주장하는 상품의 악기라면 아마 그 소리가 천상의 소리에 비견되고도 남을 걸세. 오랜만에 귀가 호강하겠구먼그래."

상인의 입가에 비웃음이 더욱 짙어졌다.

"그러지요."

그런 상인의 비웃음에도 송현은 진지하게 고개를 끄덕였다.

송현이 눈을 감았다. 비파를 품에 안아 고정시키고 손으로는 현을 어루만졌다.

따랑—!

연주를 시작했다.

따랑—!

첫 음이 흘러나왔다.

맑고 청아한 음은 풍부한 깊이까지 있었다. 그 청아한 음색이 마치 바람처럼 귓가를 스쳐 지나간다.

"음……!"

상인의 입에서 신음이 흘러나온다.

첫 음이 좋다. 첫 음만큼은 송현의 말대로 상급의 악기가 내는 소리에 비추어도 모자람이 없을 정도다.

그러나 송현의 연주가 이어질수록 상인은 더 이상 어떤 것도 생각할 수 없었다.

처음 낮은 신음을 흘려냈던 입은 어느새 점점 더 벌어지고 있었다.

따랑, 따당, 따랑!

묵직하게 울린다.

맑고 경쾌하지만 힘이 있다. 그 힘이 삽시간에 주위를 뒤덮는다.

어느새 주위에는 아까보다 훨씬 많은 이가 걸음을 멈추고 다가오고 있었다. 가만히 귀를 기울이며 송현이 만들어내는 음악을 감상하는 이들이 생겨났다.

그사이 송현의 속주가 시작됐다.

손가락이 보이지도 않을 만큼 빠르게 움직이는 송현의 손 놀림에 비파는 어떠한 잡음도 섞이지 않은 아름다운 음색을 뿜어낸다.

맑고 경쾌하다. 가볍지만 힘이 넘친다.

마치 활력을 불어넣어 주는 듯했다.

송현의 연주가 절정을 치달을수록 비파가 만들어내는 음색은 더욱 청명하고 또렷해진다.

아름다운 음악의 선율.

팅!

그러나 그 선율은 이내 멈추고야 말았다.

"이런, 현이 끊어져 버렸네요. 죄송합니다."

송현은 멋쩍게 웃으며 머리를 긁적였다.

송현의 속주를 버티지 못한 비파의 낡은 현 하나가 끊어져 버리고 만 것이다.

"하—!"

여기저기서 아쉬움 가득한 탄식이 흘러나왔다.

절정을 바로 앞두고 있었기에 그 아쉬움은 무엇보다 크게 느껴졌다.

그러한 탄식을 터뜨리는 이들 중에는 아낙과 실랑이하던 상인 또한 포함되어 있었다.

송현의 시선이 상인을 향한다.

"어떻습니까. 비록 현이 끊어지긴 했지만 충분히 상품, 아니, 최상품의 악기이지 않나요?"

"그, 그렇구려."

송현의 물음에 상인은 멍하니 고개를 끄덕이고 말았다.

연주로 확인되었다.

최상품의 악기다.

손가락이 보이지도 않을 빠른 송현의 속주에도 현이 끊어졌을 뿐 상한 데가 없으니 그만큼 튼튼하다는 것이고, 소리 또한 맑고 청아하며 힘이 있으니 울림통 어디에도 금간 데 없이 전체에 소리가 고루 전달됨을 의미한다.

송현의 주장을 부정할 수가 없었다.

"내가 사겠소."

그때였다. 별안간 구경꾼 사이에서 누군가 번쩍 손을 든다.

하얀 학사건을 질끈 묶은 유생이다.

송현의 연주로 얼굴이 발갛게 달아오른 유생은 송현과 아낙을 번갈아가며 이야기를 이었다.

"내게 금자 한 냥이 있소. 비록 한참 모자람은 알지만 괜찮으시다면 그 돈을 모두 드리리라."

"나는 금자 한 냥에 은자 다섯 냥을 내겠소."

뒤이어 또 누군가가 손을 든다.

마치 경쟁이라도 하듯 구경꾼들 사이에서 손을 들며 가격을 제시하는 이들이 생겼다.

풍류의 도시 악양.

풍류에 관심이 있는 이들이 찾는 도시이니만큼 송현의 연주가 만들어낸 음률이 얼마나 귀한 것인지 알고 있는 것이다.

여기저기 값을 부르는 이들로 인해 가격은 순식간에 천정부지로 치솟았다.

이제는 처음 송현이 이야기한 금자 두 냥을 넘어 금자 다섯 냥에 가까워질 지경이다.

"이, 이익!"

그러다 보니 상인의 입에서 앓는 소리가 나온다.

쓰레기라 생각했던 비파가 최상품의 비파임을 확인했다. 사람 마음이란 것이 간사해서 하찮은 것이라 여기던 물건을 남이 관심을 가지면 또 갖고 싶어지는 법이다.

하물며 최상품으로 판별난 비파가 원래 자신의 것이 될 수 있었다면 더욱 그랬다.

상인은 벙어리 냉가슴 앓듯 이러지도 저러지도 못 한 채 안

절부절못하고 있었다.

그런 상인을 구해준 것은 의외로 송현이었다.

"죄송합니다."

비파의 가격이 천정부지로 치솟던 상황에서 송현이 돌연 죄송하다며 고개를 숙인다.

그 모습에 가격을 부르던 이들의 목소리도 멎었다.

"무, 무엇이요?"

돌아가던 상황을 황망한 눈으로 바라보던 아낙 또한 그것은 마찬가지다.

아낙의 물음에 송현은 거듭 고개를 숙였다.

"상품의 악기이나 보시는 바와 같이 현이 낡아 새로 갈아주어야 합니다. 원래의 주인이신 부인의 처지를 생각한다면 보다 비싼 값에 팔아야 함이 옳겠지만……."

"그, 그렇지만?"

이번엔 상인이 끼어들었다.

꼼짝 없이 눈앞의 최상품의 비파를 놓치게 생겼는데 송현이 말하는 모습을 보아하니 잘하면 기회가 있을 것이라 여기고 치고 들어온 것이다.

"최상품의 악기는 그것을 잘 관리해 줄 수 있는 이의 손에 들어가야 빛을 발하는 법입니다. 저 또한 악공이다 보니 그 욕심이 앞서는군요."

송현의 입가에 쓴웃음이 머물렀다.

"……."

그리고 몰려든 구경꾼들도 아무런 말도 하지 못했다.

송현의 말대로다.

최상품의 악기는 최상품에 걸맞은 관리가 필요하다. 당장 낡아 끊어져 버린 현을 가는 것도 보통 일은 아닐 것이다.

반대로 상인의 입가는 금방이라도 찢어질 듯 벌어졌다.

"내, 내가 사겠소. 금자 넉 냥! 금자 다섯 냥은 힘들겠지만, 금자 넉 냥에 사도록 하지! 어떻소? 이래 봬도 악양에서 악기상만 수십 년이니 최상품의 악기 정도야 관리하는 데 무리 없지 않겠소?"

"……."

믿어보라는 듯 가슴을 탕탕 치는 상인의 모습에 송현은 가만히 말없이 아낙을 바라보았다.

비파의 주인이 아낙이니 아낙이 결정하라는 의미이다.

아낙은 한동안 말없이 송현의 두 눈을 바라보다 이내 고개를 끄덕였다.

"지, 지아비의 악기로 장사를 하고픈 마음은 없습니다. 금자 넉 냥만 해도 처음 필요하던 은자 두 냥보다 훨씬 많으니 은공의 뜻을 따르겠습니다."

아낙이 송현을 향해 꾸벅 고개를 숙인다.

은공이란 말에 송현은 어색한 웃음을 지을 뿐이다.

"조, 좋은 결정이오! 잠시만 기다리시오, 내 돈을 내올 테니. 아니, 아니지. 이참에 모두가 보는 앞에서 직접 현을 갈겠소이다. 그래야 내가 이 최상품의 악기를 다룰 능력이 됨을 증명하는 것이 아니겠소이까."

상인은 신이 나서 안으로 뛰어들어갔다.

상인답게 머리 회전이 빨랐다. 말로는 최상품의 악기를 다룰 수 있는 능력을 증명하겠다고 했지만, 실은 다른 계산이 깔려 있었다.

이미 최상품의 악기를 눈앞에 두고도 알아보지 못하였음을 구경꾼들이 보아버렸다. 그러니 그 대신 비파의 낡은 현을 멋지게 가는 모습으로 이를 만회하려는 것이다.

안으로 뛰어들어갔던 상인은 그리 얼마 되지 않아 다시 밖으로 뛰어나왔다.

우선 아낙에게 전낭을 쥐어준다.

혹여나 그사이 마음이 바뀔까 염려해 미리 값을 치르는 것이다.

그리고는 안심시키듯 말했다.

"지아비의 악기를 파는 심정이야 오죽하겠소. 하나 걱정치 마시오. 내가 필히 이 비파에 어울리는 새로운 주인을 찾아줄 것이니."

그리고는 재빨리 비파의 현을 갈기 시작한다.

낡은 현을 떼어버리고 최상품의 비파에 걸맞게 상인의 악기점에서 가장 좋은 현을 걸기 시작한다.

마음은 간사하지만 손놀림은 능숙하다.

'호호호. 암, 어울리는 주인을 찾아주어야지. 주인만 잘 만나면 금자 열다섯 냥도 꿈은 아닐 것이야.'

손으로는 비파를 다루면서도 머릿속으로는 상인다운 계산이 한참이다.

여러모로 보나 남는 장사다.

그때였다.

쩌적!

불길한 소리와 함께 기묘한 감촉이 상인의 손 안을 맴돌았다.

"아……!"

구경꾼들 사이에서 낮은 탄식이 흘러나왔다.

"저, 저 능력도 안 되면서 주제 넘는 욕심 때문에 귀한 악기만 버리지 않았는가!"

또 누군가는 상인을 향해 화난 고성과 함께 삿대질을 한다.

"이, 이게!"

상인은 눈으로 보고도 현실을 믿을 수가 없었다.

비파의 직경이 병든 닭처럼 푹 꺾여 있었다.

악기로서의 수명이 다해 버린 셈이다.

"이, 이게… 그, 그러니까……."

당황스러운 심정에 상인은 울 것 같은 표정이 되어버렸다.

'힘을 그리 많이 준 것도 아니거늘······.'

최상품의 비파를 다룬다는 생각에 각별히 손 안의 힘을 조절했다. 그런데도 뚝 부러져 버린 것이다.

금자 넉 냥을 생으로 날린 것도 모자라 모두가 보는 앞에서 망신을 당해 버렸다.

대체 어쩌다 일이 이렇게 되었는지 짐작도 되지 않는다.

"이런, 악기점을 운영하신다기에 맡긴 것인데… 좋은 악기가 사라져 버렸군요."

아쉬움 가득한 송현의 목소리가 울상이 되어버린 상인의 귓가로 파고든다.

상인의 고개가 휙하고 송현을 좇는다.

그러나 송현은 끝내 그 상인의 눈길을 외면해 버렸다.

송현은 내심 고소를 지었다.

'그러게 왜 그러셨습니까.'

처음부터 송현이 의도한 일이었다.

교방 악사의 자리에 오른 송현이다. 수명을 다해가는 낡은 비파로도 상품의 음을 끌어내는 것은 그리 어려운 일이 아니다.

부러 속주를 한 것도, 낡은 현을 끊어먹은 것도, 다른 높은 값에도 굳이 상인에게 다시 되판 것도 혹여나 이 비파가 죄 없는 다른 이들의 손에 들어가는 것을 막기 위해서였다.

때문에 상인은 모두가 보는 앞에서 욕심에 눈이 멀어 상품의 비파를 부러뜨려 먹은 악기상이 되었고, 금자 넉 냥을 잃고도 어디 하소연할 수 없는 처지가 되어버린 것이다.

악기상을 하면서도 비파를 길바닥에 내던진 그의 행동이, 그리고 하품도 되지 않는 악기를 은자 넉 냥에 속여 판 행동이 상인의 불행을 자초하는 시발점이 되어버렸다.

송현은 짐짓 아쉽다는 듯 한숨을 내쉬었다.

"후, 아쉽지만 어쩔 수 없지요."

"그, 그게… 그러니까… 그……."

마음 같아서는 아낙에게 주었던 돈을 도로 내놓으라고 몰아붙이고 싶었지만, 이렇게 구경꾼이 많으니 그마저도 할 수가 없었다.

상인의 두 눈에 눈물이 그렁그렁 맺혔다.

악양에서의 송현의 첫 연주는 그렇게 악양의 거리에서 시작되었다.

*   *   *

아낙은 송현을 은공이라 부르며 한사코 식사라도 한 끼 대접하게 해달라고 사정했다.

아낙의 어린아이까지 송현의 바지춤을 붙잡고 사정하는 바에야 매몰차게 거절할 수 없는 처지였다.

그렇게 아낙의 집으로 초대를 받았다.

아낙의 집은 악양에서도 가장 후미진 빈민촌에 자리 잡고 있었다. 빈민촌에 자리 잡은 집치고는 방이 세 칸이나 되었지만, 그 사정을 들어보면 방이 세 칸이나 되는 큰 집이라고 좋아할 만한 일은 아니었다.

방이 세 칸이든 아흔 칸이든 빈민촌에 위치한 집을 살 사람은 없다. 때문에 궁핍한 형편에 병든 남편을 두고도 이러지도 저러지도 못하고 있는 처지였다.

송현은 아낙의 집에서 식사를 대접 받았다.

모처럼 만에 올라온 고기반찬에 아이는 좋아라 했지만 그것도 잠시뿐이었다.

아낙이 큰돈을 벌었다는 소문을 들은 빚쟁이들이 몰려왔다. 몰려든 빚쟁이들의 한차례 빚잔치가 시작되고, 이리저리 사정해 겨우 며칠 약값만 겨우 건졌을 뿐이다.

병든 남편은 방 안에 드러누워 손가락 하나 까딱하지 못하고 있는 처지였다.

앞으로도 들어갈 돈은 많은데 당장의 처지가 빠하니 잠시 생기가 돌던 아낙의 얼굴에도 다시 어둠이 내렸다.

아이는 놀러 나가고 없다.

아낙의 집엔 닫힌 방문 너머로 숨넘어갈 듯 기침만 하는 남편과, 마당에서 그런 남편이 있는 방문을 걱정스럽게 바라보는 아낙, 그리고 송현이 전부였다.

"남편 분은……."

송현은 한참을 망설이다가 입을 열었다.

식사를 한 끼 얻어먹고 나서려다 빚쟁이들이 몰려와 벌이는 빚잔치를 보았다.

그러고 나니 왠지 발걸음이 떨어지지 않는 것이다.

그러다 보니 아낙의 남편을 보지 못하였다는 사실이 기억났다.

"안방에 있습니다. 병이 중한지라 문밖으로 나설 수 없는 처지이지요. 손님을 청하고도 무례를 저지를 수밖에 없어 죄송합니다."

아낙은 큰 죄를 지은 사람처럼 고개를 조아렸다.

"아……."

송현의 입에서 낮은 장탄식이 흘러나왔다.

무어라 위로라도 해주고 싶지만 감히 어떤 말을 해야 할지 생각나지도 않는다.

송현과 다를 바 없는 같은 예인이었건만 아낙의 남편이 겪어온 삶은 너무나 불행하기만 했다.

"혹 남는 악기가 또 있습니까?"

한참을 마땅한 말을 찾지 못하던 송현이 문득 입을 열었다.

"예? 이, 있기는 한데 왜……."

"저도 악공입니다. 그런데 보시다시피 악기가 없네요."

송현이 웃으며 빈손을 내보였다.

아낙과 그녀의 가족을 돕고 싶었지만 달리 방법이 없었다.

그래서 생각해 낸 것이 아낙의 남편이 쓰던 악기를 자신이 사는 것이다.

아낙은 송현의 말에 말없이 자리에 일어서 방 안으로 들어가 악기를 가지고 나왔다.

이번에도 역시 비파였다.

이 또한 하품으로 치기에도 부족한 상태이다.

차라리 오늘 아침 거리에서 판 비파의 상태가 더 나아 보일 지경이다.

"돈은 필요 없습니다. 이미 헤아릴 수 없는 큰 은혜를 입었는데 어찌 돈을 받겠습니까."

아낙은 한사코 돈을 받길 거절하며 비파를 건넸다.

"아, 그것이……."

송현은 난감했다.

돕고 싶어서 한 일인데 아낙은 그마저도 거절한다.

한편으로는 이해가 갔다.

빚잔치가 벌어질 것을 알면서도 송현에게는 한사코 고기 반찬을 대접했다. 차라리 그 돈으로 빚이라도 얼마간 갚는 편이 나았을 텐데 말이다.

어떻게든 그 고마움을 보답하고 싶었던 것이리라.

때문에 남편의 악기를 돈도 받지 않고 그냥 주겠다고 하는 것이리라.

"다행이군요. 감사합니다."

망설이던 송현은 꾸벅 고개를 숙이며 아낙이 건넨 비파를 넙죽 받았다.

망설이던 지금까지의 모습과는 너무나 다른 모습이다. 일견 그 모습이 염치없게까지 느껴질 정도다.

송현의 말은 거기서 끝이 아니었다.

"실은 수중의 돈이 다 떨어져서요. 당장 내일부터는 머물던 객잔에서도 쫓겨나게 생겼습니다."

거짓말이다.

전낭엔 아직 돈이 남아 있었다. 많지는 않아도 당장 악양에서 생활하는 데엔 크게 부족하진 않을 정도다.

"그래서 말인데… 죄송하지만 빈 방이 있다면 잠시 머물러도 되겠습니까?"

"비, 빈방이라면 있긴 한데… 여긴 은공께서 머무시기엔……."

느닷없는 송현의 말에 아낙은 말끝을 흐렸다.

방이 세 개나 되니 빈방이야 하나 있다. 그러나 문제는 이곳이 빈민촌이라는 점이다. 아낙의 눈에 비친 송현은 이런 곳에 머물 만한 사람이 아니었다.

잠시 망설이던 아낙은 이내 고개를 끄덕였다.

"그래도 상관없으시다면 방을 하나 내어드리도록 하겠습니다. 어차피 노는 방이니 돈은 되었습니다."

아낙은 그마저도 돈을 받지 않겠다고 한다.

하지만 송현은 고개를 저었다.

"아니요. 비록 당장은 수중에 돈이 없어 값을 치를 수는 없겠지만 그렇다고 공으로 머물러서야 아니 될 일이지요."

"아닙니다. 괜찮습니다."

집주인은 방을 공짜로 내어주겠다고 하고, 송현은 값을 치르겠다고 한다.

무언가 보통의 일반적 상황과는 조금 다른 풍경이다.

"후! 좋습니다!"

한참을 실랑이하던 송현은 크게 한숨을 내쉬었다.

그리고 이야기를 이어갔다.

"이렇게 하는 것은 어떻겠습니까. 당장 저는 방값을 지불할 여력이 없습니다. 그러나 이렇게 악기가 있으니 다만 몇 푼이라도 벌 수는 있을 것입니다. 매일 그 수익의 오 할을 드리지요."

"아니요. 어찌 은공께 돈을 받겠습니까. 그냥 편하게 지내시지요."

아낙은 그마저도 고개를 젓는다.

그러나 송현은 이번엔 물러서지 않았다.

"아니요. 그마저도 하지 않는다면 제가 불편하여 어찌 지내겠습니까. 방값에 식비를 포함한 것입니다. 또한 아직 제가 얼마나 벌 수 있을지도 모릅니다. 어쩌면 한 푼도 벌지 못할지도 모르지 않습니까."

조용히 웃으며 말한다.

송현의 말대로 그 셈은 불확실함을 담고 있었다.

사정이 여의치 않아 한 푼도 벌지 못할 경우도 생길 수 있다. 그렇게 되면 송현은 결국 돈을 내지 못하게 되는 것이다.

"하오나……."

그럼에도 아낙은 못내 마음에 쓰이나 보다.

"이렇게라도 해야 제 마음이 편합니다."

송현은 쐐기를 박았다.

다음 날 송현은 거처를 옮겼다.

제5장
북촌의 동심(動心)

樂武林

송현이 아낙의 집으로 거처를 옮긴 다음 날 새벽의 일이다.

악양에는 북촌이라는 곳이 있다.

주로 하루 벌어 하루 먹고살기도 힘겨운 이들이, 그리고 당장 오늘 죽어나갈지 내일 죽어나갈지 알 수 없는 하급 낭인과, 세인들의 눈을 피해 숨어사는 파락호들이 거하는 동네가 바로 북촌이다.

북촌은 악양에서도 손꼽히는 빈민가였다.

그런 북촌 빈민가 입구에는 오래된 사당나무가 있었다. 자연스럽게 사당나무를 중심으로 작은 공터가 생성되어 있었는데 공터는 항상 더럽혀져 있었다.

당장 하루살이가 버거운 이들이 거하는 동네이다 보니 주위의 환경을 돌아볼 여지조차 없는 것이다.

"이곳은 다른 곳과는 다르구나."

거리에서 연주를 하기로 마음먹고 새벽같이 나섰다. 그런 송현의 눈에 비친 동네의 모습은 악양의 다른 곳과는 사뭇 달랐다.

주정뱅이의 성난 고성이 합판으로 세워진 얇은 벽을 넘어 크게 울렸다.

허기를 참지 못하고 골목을 돌아다니며 쓰레기더미를 뒤지던 늙은 개는 송현을 발견하고는 후닥닥 도망쳐 버렸다.

대문 앞에 나와 앉은 아이는 송현과 눈을 마주치자 지은 죄도 없이 목부터 움츠리며 가득 겁을 집어먹었다.

음울했다.

송현이 지금껏 악양에서 보아온 활기찬 모습도, 아름다운 정취도 북촌에는 존재하지 않았다. 마치 눈에 보이지 않는 어둡고 끈적끈적한 습한 기운이 북촌 전체를 짓누르고 있는 느낌이다.

그런 송현이 발길을 멈춘 곳은 오래된 사당나무 공터 앞이었다.

여기저기 버려진 잡동사니와 치우지 않은 토사물이 널려 있다.

그러나 송현의 마음을 끄는 것이 있었다.

"너는 아름답구나."

오래된 사당나무였다.

봄을 알리듯 사당나무는 늙은 나이에도 불구하고 푸른 꽃눈을 틔워내고 있었다.

그것이 마치 잿빛으로 물들어 버린 북촌에서 사당나무 혼자만 제 색깔을 갖추고 있는 듯 보였다.

"시작은 여기서부터 할까?"

북촌의 분위기로 보아서 돈을 기대하기는 힘들 것이다.

그러나 사당나무가 송현의 마음을 자극한다.

연주하고 싶다.

그리고 손에는 낡은 비파가 들려 있다.

'연주하지 못할 이유가 없지.'

송현은 웃으며 마음을 정했다.

돈이야 악양의 번화가로 가서 벌면 된다. 못 벌면 또 어떠한가. 당장 수중에 얼마간의 돈이 있으니 그것으로 어찌 방세는 대신할 수 있을 것이다.

저벅저벅.

사당나무 아래에 자리를 잡고 앉았다.

지나가던 몇몇 마을 사람이 그런 송현을 이상하다는 듯, 혹은 이유 없는 적의에 가득 찬 시선으로 바라보았지만 그것이야 아무래도 좋았다.

"자, 첫 곡은 정초(庭草)로 하는 게 낫겠구나."

마음이 일었으니 그 마음에 어울리는 곡을 노래해야 함이 옳다.

송현은 두보의 시가 정초를 연주하기로 마음먹었다.

손가락이 현을 스친다.

*   *   *

"그놈의 돈! 돈! 돈! 이 돼지 같은 년아! 그만큼 해다 바쳤으면 됐지, 맨날 돈타령이야! 내 이놈의 집구석 확 떠나 버리든지 해야지!"

이른 새벽부터 부인의 등쌀에 못 이겨 막일에 나서는 장일은 신경질적으로 문을 박차고 나섰다.

거미줄처럼 이어진 복잡한 골목을 지나쳐 나가는 장일의 심사는 아침부터 단단히 꼬여 있었다.

배운 기술 하나 없으니 하루살이가 힘겹기가 그지없다. 그래도 어떻게든 마음잡고 살아보려 해도 부인이라고 하나 있는 것은 매일 돈타령이다.

아침에도 그 난리를 쳤으니 기분이 좋을 리 없었다.

"이놈의 똥개는 아침부터 재수 없게 왜 똥은 처먹고 지랄이야!"

잔뜩 골이 난 그의 시야에 비쩍 골은 개 한 마리가 보였다. 무엇을 먹는지 가만히 살펴보니 간밤에 어느 주정뱅이가 싸

질러 놓은 인분이었다.

장일의 눈썹이 역 팔(八) 자로 치솟았다.

깨갱!

막일로 다져진 장일의 발길질에 걷어차인 개는 죽는다고 소리를 치며 꼬리를 말고 달아났다.

"하여간 이 빌어먹을 동네!"

하나같이 마음에 들지 않는다는 듯 장일의 입에서는 연신 거친 말이 쏟아져 나왔다.

그렇게 사당나무가 있는 공터에 이르렀다.

"저건 또 뭐야?"

신경질적인 장일의 시야에 또 하나가 잡혔다.

"악사?"

악사였다.

무명옷을 단정하게 차려입은 악사는 사당나무 앞에 자리를 잡고 앉고는 비파를 꺼내 품으로 끌어안는다.

낡디낡은 비파다.

조금만 힘을 주어 움켜쥐면 그대로 부서질 것만 같이 부실하기만 하다.

피식 비웃음이 절로 나왔다.

"미친놈, 꼴에 겉멋은 들어서는 저따위 것을 악기라고…… . 팔자는 더럽게 좋구만."

겉멋에 빠져 고물이나 다름없는 비파 든 악사를 욕하면서도 제멋에 취한 모습에 또 괜히 시샘한다.

"하긴 지랄 맞은 세상사, 어디 내 마음에 드는 것이 어디 있어야 말이지!"

툴툴거리는 장일은 이내 겉멋 든 악사에게 신경을 끊어버렸다.

괜히 봐봐야 성질만 난다.

그때였다.

따―앙!

악사가 연주를 시작했다.

뒤이어 악사의 맑은 목소리가 노랫말을 높이 뽑아낸다.

초초경한벽(楚草經寒碧)
정춘입안농(庭春入眼濃)
구저수섭거(舊低收葉擧)
신엄권아중(新掩卷牙重)
보리의경과(步履宜輕過)
개연득누공(開筵得屢供)
간화수절서(看花隨節序)
부감강위용(不敢强爲容)

초나라 풀 추위 지나 푸르고
뜨락의 봄 짙게 눈에 드는구나

지난날 시든 잎 살아나니
새로 가린 권아가 무거워진다
발걸음도 가벼워지리니
잔치도 여러 번 열리리라
계절에 맞춰 꽃 바라보니
감히 억지로 꾸미지는 못하리라

"미친!"
노랫소리에 장일의 입에서 대번 욕이 튀어나왔다.

밝고 청아한 노래다. 일자무식인 장일이 그 노래의 연원이
무엇인지는 알지 못했으나 귀가 있으니 무엇을 노래하고 있
는지는 알 수 있었다.

"잔치는 무슨 얼어 죽을 잔치! 다 굶어 죽기 싫어 발버둥치
는 동네에 놀리는 것도 아니고!"

세상모르고 노래를 부르고 있는 악사의 연주가 좋은지 나
쁜지는 애초에 관심도 없었다.

잔치라는 구절이 장일의 신경을 긁고 있었다.

어떻게든 먹고살겠다고 고된 하루하루를 견뎌내는 자신을
발아래 두고 희롱하고 있는 듯한 기분이다.

성질 같아서야 주먹으로 한 대 치고 싶을 지경이다.

그러나 문제는 악사의 외모가 너무나 여리다는 점이다.

'아서라. 샌님 뼈 부러질라.'

괜히 한 대 잘못 쳤다가 탈이라도 났다가는 일만 골치 아파진다.

장일은 그저 악사를 한번 노려보고는 발길을 옮겨 버렸다.

그렇게 장일의 하루가 시작되고, 또 흘러갔다.

북촌의 다른 사람들의 일과 또한 마찬가지다. 새벽같이 나가서 해가 다 저문 저녁에야 돌아와 지친 몸을 누인다.

워낙에 세상살이가 고되어서 잠시잠깐 눈을 감았다 하면 또다시 새벽 해가 밝아온다.

지긋지긋한 일상의 시작이다.

"저 미친놈이 또!"

평소와 같이 안사람의 등쌀을 이기지 못하고 새벽같이 일을 나선 장일은 곧 와락 인상을 찌푸렸다.

어제 본 악사가 오늘 또 사당나무 아래 그 자리에 자리를 잡고 앉아 비파를 뜯고 있었다.

오늘은 노래를 부르지는 않았다.

대신 비파의 연주 소리만 존재할 뿐이다.

그러나 어제와 다른 점이 있었다.

어제와 달리 악사의 연주를 듣는 손님이 있었다.

비단옷을 곱게 차려입은 유생이다.

유생은 무엇이 그리 좋은지 연신 소리 없는 감탄을 터뜨리며 악사의 연주에 흠뻑 빠져 있었다.

"어쭈? 그새 손님이 다 생겼구먼? 무슨 하릴없는 유생인지는 모르겠지만 팔자 좋게 태어난 인생 낭비하는 방법도 가지가지군."

장일은 세월을 낭비하는 둘의 모습에 비웃음을 흘리며 다시 일을 나섰다.

*　　　*　　　*

어제오늘 장일이 비웃은 악사.

그는 송현이었다.

장일이 일을 나서고 일다경의 시간이 흘렀을 때쯤 송현의 연주도 끝이 났다.

짝짝짝!

"정말 좋소! 악사께서 하시는 연주는 들으면 들을수록 기이한 매력이 있소이다."

유생이 박수를 치며 송현을 칭찬한다.

송현에게는 몇 번 낯이 익은 유생이다.

"정말 오셨군요."

"하면 내가 허언을 하겠소? 그대가 매일 이 시간에 이곳에서 연주를 하겠다 했으니 그 연주를 듣고자 하는 나야 이곳을 찾을 수밖에 도리가 없지 않소."

유생의 말에 송현은 작게 웃었다.

송현이 아낙의 비파를 팔려 했을 때 처음 값을 불렀던 유생이다. 그리고 어제 다시 만났다. 연주가 마음에 들었는지 유생은 줄곧 송현을 따라다니며 연주를 들었다.

그리고도 아쉬웠는지 집으로 돌아가려는 송현에게 언제부터 연주를 시작하는지 묻기까지 했다.

거기에 송현이 답했다.

그리고 오늘 새벽 유생은 송현의 연주를 듣기 위해 북촌을 찾은 것이다.

"악사께서 하시는 연주는 슬프다오."

"그랬습니까?"

송현이 되물었다.

자신의 연주를 슬프다고 한다. 그러나 어제 송현이 연주한 곡 중에는 분명 밝고 즐거운 곡도 몇몇 있었다.

"그렇소. 밝은데도 슬프오. 무언가 아련하고 또 그리워지게 만드는 힘이 있소. 그런데 더 이상한 것은 무엇인지 아시오?"

"무엇입니까?"

"그러한 음악을 자주 들으면 심신이 지치게 마련이라오. 한데 슬픔도 아련함도 송 악사의 연주는 들어보면 꼭 무언가가 남는다는 것이오. 여운과는 조금 다른 것 같소. 희미한데 이상하게 그 희미한 것이 자꾸만 기운을 북돋게 하는 것이 아니겠소. 희한하게 자꾸만 힘이 나오."

유생은 송현의 연주에 대한 평가를 끝내며 웃었다.

모호하기 짝이 없는 평가다.

하지만 유생이 그저 아는 것이 없어 그리 말하지는 않았을 것이다. 단지 유생조차 무어라 정의하기 힘들기 때문일 것이다.

송현은 굳이 그것을 알려 하지 않았다.

'예악이란 모호한 것도 있는 법이니까.'

예악은 무엇 하나로 정의하고 또 거기에 딱딱 들어맞기 어려운 공부다.

실제로 같은 악사들끼리도 서로의 연주에 대한 느낌을 감평할 때면 그 표현이 모호한 경우가 많다.

송현은 오히려 이만큼이나 자신의 연주에 관심을 가져준 유생에게 고마움을 가지고 있었다.

"보잘것없는 연주에 관심을 가져주시니 감사하군요."

진심이다.

그 진심에 유생이 손을 내젓는다.

"아니, 아니오. 보잘것없기는 무엇이 보잘것없단 말이오. 소생이야말로 이런 연주를 듣게 해준 송 악사께 감사해야 하지요."

"과찬이십니다."

"과찬이 아니래도요. 그보다 다음 연주는 어디서 하시오? 아! 어제 들어보니 종현객잔에서 정오에 연주하기로 약속되었다고 들었는데 사실이오?"

"예, 사실입니다."

"오! 하면 그때 거기로 찾아가면 되겠소이다. 내 악사께서
연주하는 것이라면 따라다니면서라도 모두 듣고 싶으나 소생
도 사정이란 것이 있는지라……. 그보다 벌써 객잔에 초대를
받을 정도로 인정 받으셨으니 곧 유명인사가 되시겠소. 그러
지 말고 내 미리 생각해 둔 별호가 있는데, 슬플 비에 이끌 연
을 써서 슬픔을 이끄는 악사라 비연악사(悲延樂士)라 지으
면……."

유생은 보기보다 말이 많았다.

다음 연주를 위해 자리를 옮기는 송현을 따라가며 이것저
것 이야기를 늘어놓았다.

송현은 그런 유생의 관심이 싫지 않았다.

"내 내일 또 이곳에 오리다. 아니, 학우들과 함께 오리다.
내 약속하오."

송현은 유생의 약속을 받으며 두 번째 길거리 연주를 본격
적으로 시작했다.

*   *   *

송현은 그 이후로 매일같이 사당나무 아래에서 연주를 했
다.

듣는 이가 있든 없든 상관없었다.

그 순간만큼은 송현은 그저 자신의 흥취를 따랐을 뿐이다.

하지만 시간이 지날수록 송현의 아침 연주를 듣기 위해 찾아드는 이들이 많아졌다.

아침 연주의 첫 손님이던 유생을 시작으로 그 유생의 소개로 찾아온 다른 유생들까지, 그리고 또 그간 연주로 얻기 시작한 송현의 명성을 좇아온 이들까지 좀처럼 외부에서 찾는 이 없던 빈촌에 그 시간만큼은 늘 사당나무 공터에 사람이 붐볐다.

그렇게 얼마나 지났을까.

또 다른 변화가 일어났다.

"자자! 번데기 팔아요, 번데기!"

"달콤한 당과 있습니다, 당과!"

"어이, 총각! 거기 그렇게 있지 말고 이리 와서 엽차라도 한 잔 마시고 가!"

북촌 빈민가에 자그마한 장터가 열렸다.

매일 아침 시작되는 장터는 항상 일정한 시간에 끝이 났다.

사람이 붐비니 외부에서 상인들이 찾아온 것인지, 아니면 북촌의 주민 중 몇몇이 좌판을 들고 나선 것인지는 모른다.

조잡한 장터였지만 고요하던 북촌의 아침이 시끌벅적해졌다.

"……"

이미 자리를 잡고 앉은 송현은 그 소란을 보고 가만히 눈을 깜빡였다.

그러다 이내 미소를 짓는다.

'뭐 이것도 좋겠구나.'

잿빛으로 가득 물들어 있던 북촌이 색을 찾았다. 비록 그것은 사당나무 인근의 일이었지만 그것만으로도 너무나 보기 좋았다.

사람 사는 곳처럼 느껴졌다.

가만히 주위를 살피던 송현의 고개가 오른쪽 아래로 내려갔다.

"너는 오늘도 자는구나?"

언제 나타났는지 늙은 개가 나른한 몸을 누이고 따뜻한 봄 햇살을 만끽하고 있다.

처음 송현을 보고 도망쳤던 모습은 온데간데없이 사라지고 태평한 모습이다. 늙은 개는 송현의 옆에 누워 이따금씩 누군가 던져주는 간식거리를 받아먹을 때만 무거운 눈꺼풀을 떴다.

송현의 목소리에 늙은 개의 귀가 잠시 쫑긋한다.

끼잉, 끙.

그리고는 앓는 소리를 낸다.

잠자는데 귀찮게 굴지 말라고 말하는 것 같다.

송현은 웃었다.

"그럼 연주를 시작해 볼까?"

송현이 연주를 시작했다.

시끄럽던 사당나무 공터는 이내 송현의 연주 소리로 가득해졌다.

누구 하나 소리 내지 않고 각자 적당한 자리에 앉아 송현의 연주에 귀를 기울였다.

개중에는 아이들도 있었다.

어른들의 배려로 송현이 잘 보이는 가장 앞자리에 앉은 아이들은 눈을 초롱초롱 빛내며 송현의 연주를 경청했다.

"어?"

그때 한 아이가 작게 소리쳤다.

얼굴이 확 밝아져서는 신기한 듯 송현을 바라본다.

'바람이다!'

바람이 보인다. 가는 바람이 송현의 주위를 맴돌고 있었다.

손을 뻗어 그 바람을 잡아보지만, 바람은 아이의 손을 피해 훌쩍 물러서 버렸다.

"헤헷!"

아이는 그 신기한 광경에 웃음 지었다.

*   *   *

그렇게 또 시일이 흘렀다.

"니미럴! 어제 술을 너무 많이 마셨나!"

오늘도 평소와 같이 막일을 가기 위해 집을 나선 장일이 인상을 가득 찌푸렸다.

평소와 달리 어젯밤엔 술을 마셨다.

거기에 워낙에 몸이 고되고 힘들어 몸살이 나버렸다. 술기운이라도 빌려 잠을 청하고자 마신 술인데 그게 과해졌다.

불편한 속을 이끌고 거리로 나서니 기분이 좋을 리 없었다.

"빌어먹을, 무슨 놈의 밤이 이리 빨리 지나가!"

입에서는 연신 불만 가득한 혼잣말이 흘러나왔다.

"와아아아아아!"

그런 장일을 스치듯 어린아이들이 떼를 지어 지나갔다. 아무리 어린아이들이라 하여도 장정 하나가 겨우 지나갈 만큼 좁은 골목이다.

그러다 보니 아무래도 몸이 부딪칠 수밖에 없었다.

"저이! 어린놈의 새끼들이!"

옅게 스치고 지나간 아이들의 뒤통수를 보며 장일은 또다시 잔뜩 인상을 찡그렸다.

"이놈의 인생, 뭐 하나 마음에 드는 게 없어!"

또다시 불만이 터져 나온다.

연신 불만을 토해내며 장일은 골목을 빠져나왔다.

화악!

일순 공기가 바뀐다.

숙취로 지끈거리는 머리를 어루만지던 장일의 시선이 앞으로 향한 것은 어쩌면 당연한 일이다.

"니미럴! 겁나게 많네!"

사당나무 공터에 가득 찬 사람들.

좌판을 들고 공터로 나선 상인들이 한 명의 손님이라도 더 얻기 위해 목청을 높인다.

어디서 왔는지도 모를 사람들이 공터를 가득 메우고 저희들끼리 주고받는 대화 소리로 또 시끄럽다.

"와아아아아!"

"이놈아! 뛰지 말어! 먼지 날린다!"

북촌의 아이란 아이는 죄다 튀어나왔는지 송사리 떼처럼 시커멓게 모여 이리저리 뛰어다닌다.

좌판에 당과를 늘여놓은 상인 하나가 기어이 무어라 한소리 한다.

"아저씨! 아저씨! 오늘은 무슨 노래 부를 거야?"

또 한 떼의 아이들이 한곳에 모여 있다.

"저 악사 놈! 진즉에 때려잡아야 했는데!"

송현의 곁에 모인 아이들을 발견한 장일이 이를 바득바득 갈았다.

송현 때문에 아침길이 시끄러워졌다.

처음 구경하는 이 없이 홀로 연주했을 때 때려잡았어야 했다. 그랬다면 지금처럼 이렇게 시끄럽지는 않을 것이다.

마음 같아서야 지금이라도 한 대 쥐어 패고 싶은 마음이 굴뚝같았지만 그러기에는 사람이 너무 많다. 지금 송현을 때렸다가는 오히려 장일이 당할 판이다.

"어이, 장씨! 거기서 뭐하고 있나! 그러지 말고 이리 와서 엽차나 한 잔 마시고 가!"

송현을 노려보던 장일의 고개가 넘어갔다.

"오, 최형! 거기서 뭐하시오?"

장일은 거기서 익숙한 얼굴을 발견했다.

마흔은 훌쩍 넘은 중년인이 좌판을 열고 있었다. 그 옆에 부인도 함께 있었다.

부인은 화톳불에 물을 끓이고 중년인은 찻잎을 자르고 있었다.

최형.

장일이 중년인을 부르는 현재의 호칭이다.

북촌에서 함께 자라며 어린 시절을 보냈으니 그저 아는 사이라고만 하기는 뭣했다.

하지만 커가면서부터는 각자 먹고살기 바빠 서로 무얼 하고 지내는지도 잊고 살았다. 그러다 보니 이제는 어쩌다 동네를 오다가다 만나면 인사나 나누는 사이가 되었다.

그런데 그 최형이 장일을 먼저 부른 것이다.

"형수님, 안녕하시우."

장일은 최형의 부인에게 꾸벅 인사를 건넨 후 좌판 앞에 마련된 의자에 비스듬히 몸을 기대앉았다.

최형은 그런 장일을 보고 웃고 있었다.

장일이 기억하는 최형보다 훨씬 밝은 모습이었지만 장일은 크게 신경 쓰지 않았다.

"일 나가나?"

"먹고살려면 별수 있소?"

"힘들지는 않고?"

"낯간지럽게 왜 그러시우. 우리 같은 팔자야 뭐 별것 있소. 힘들어도 먹고살려면 해야지."

장일이 툴툴거리며 대답했다.

그런 장일의 대답에 기분 나쁠 만도 하건만 최형은 그저 웃으며 차를 건넸다.

"마시게. 엽차일세. 좋은 것은 아니지만 그래도 영 맛없지만은 않을 것이야."

"고, 고맙소."

장일은 고맙다는 인사를 하면서도 좀처럼 차를 맛보지 않았다.

멍하니 찰랑거리는 찻잔만 바라볼 뿐이다.

'무슨 바람이 불어서……'

사는 것이 박하다 보니 좀처럼 주고받는 일이 없었다. 받으면 빚이 되고 말고의 문제가 아니다. 당장 자기 먹을 것도 없으니 남에게 베푸는 것이 안 되는 것이다.

그것이 당연하다 여기며 살았다.

나누는 것이야 있는 것들이나 하는 일이지 장일과 같이 없이 사는 이들의 것은 아니라 여겼다.

장일과 최형의 관계도 그랬다.

그렇기에 최형이 건넨 차가 더욱 낯설게만 느껴졌다.

"연주를 시작하겠습니다!"

그사이 송현이 소리쳤다.

"저 악사 놈!"

그 소리에 장일이 으르렁거리듯 말하며 사람들 사이에 가려진 송현을 노려보았다.

연주가 시작되었다.

무슨 곡인지 장일이 알 리 없었다.

잔잔하게 흘러가는 곡은 이내 경쾌하게 변한다.

'다 시끄러운 신선놀음이지.'

장일은 송현의 연주가 무엇인지 관심을 두지도, 송현의 연주를 제대로 들으려고도 하지 않았다.

그저 최형에게 차를 받았으니 그것을 다 마실 때까지 떠나지 못하고 붙들려 있을 뿐이다.

한참을 송현을 노려보던 장일의 시선에 다른 것이 들어온 것은 그때였다.

'사당나무가 저리 작았나?'

송현의 뒤편에 자리 잡은 사당나무가 새삼스럽게 다가왔다.

어렸을 때 사당나무 아래에서 놀았던 기억이 있다. 그때의 사당나무는 너무나 커서 올려다보면 목이 아플 정도였다.

그런데 지금 와서 보니 꼭 그렇지만도 않다.

푸른 잎을 피워내는 사당나무는 여전히 컸지만, 그렇다고 어렸을 때처럼 올려다보는 것만으로 목이 아플 정도는 아니었다.

한번 다른 것이 보이니 또 다른 것이 눈에 들어온다.

아이들이다.

장일이 사당나무를 놀이터 삼아 놀았을 때와 다를 바 없이 어린아이들이다.

가만히 앉아 있는 것이 좀이 쑤실 만도 하건만, 아이들은 무엇이 그리 신기한지 초롱초롱한 눈으로 모두 한곳을 응시하고 있다.

그 시선의 끝에 송현이 있음은 굳이 확인해 보지 않아도 알 수 있는 일이다.

"큭!"

장일의 입에서 웃음이 튀어나왔다.

장일의 시선이 옮겨갔다.

머리를 감지 않아 산발이 된 아이 하나가 눈에 들어온다. 무엇을 주워 먹었는지 번들거리는 입을 헤 벌린 채 송현을 바라보는 아이의 곁에 누런 털을 가진 늙은 개가 한 마리 보였다.

동네를 떠돌아다니는 개다.

그 늙은 개가 아이의 입술을 핥는다. 아이는 개가 제 입술을 핥는지도 모르고 송연에게 몰두해 있다.

장일도 몇 번 본 개다. 그리고 그 개는 어느 날 이른 아침 허기를 참지 못하고 똥을 주워 먹다 장일의 발에 채여 깨갱거리던 개다.

"크큭! 저놈 똥 먹었소."

"똥? 무슨 똥?"

그것이 생각난 장일은 웃음을 참지 못하고 최형에게 이야기했다.

최형이야 영문을 알 리 없다.

장일은 그런 최형의 귓가에 대고 지난날 자신이 보았던 개의 모습을 속삭이며 이야기했다.

"크큭! 모르는 게 약이야, 약!"

최형이 웃음을 참으며 장일의 어깨를 두드린다.

장일은 마주 고개를 끄덕이며 애써 웃음을 참아냈다.

그러나 한번 웃음이 맴돌기 시작하니 좀처럼 가시지를 않는다. 마음만 같아서는 크게 소리쳐 웃고 싶다. 그것을 참으니 더욱 간질거린다.

"이런 모습도……."

재미난 상황 때문일까, 아니면 한번 터진 웃음 때문일까.

숙취가 사라졌다. 살아오면서 내내 쌓아온 억울하고 분통 터지던 응어리가 속에서 풀어지는 듯하다.

아이와 어른들이 옹기종기 모여 모두 음악을 듣는다.

이상하게 그렇게 싫던 그 모습이 지금은 또 왜 이렇게 강한 인상으로 다가오는지 모를 일이다.

"이런 모습도 좋군."

장일의 입가에 따스한 미소가 어렸다.

장일이 미소를 짓는 그때였다.

곱게 비단옷을 차려 입고 면사로 얼굴을 가린 여인이 멀리서 송현의 연주를 듣고 있다.

"북촌이… 많이 변했네요."

"요즘 이 시간에는 늘 사람이 붐빈다고 합니다. 저 악사의 연주를 듣기 위해서이지요."

늙은 노복 하나가 그런 여인의 의문을 풀어주었다.

여인은 사람들의 장막 속에서 송현의 흔적을 찾았다.

"젊군요. 누군가요?"

"비연악사 송현. 요즘 악양에서 유명세를 얻고 있는 악사라 합니다."

여인은 한참 동안 말없이 송현의 연주를 감상했다.

입가에 미소가 번진다.

"좋군요. 가시죠."

"네, 루주님."

한참 동안 송현의 연주를 감상하던 여인과 그녀를 따르는 노복이 다시 걸음을 옮겼다.

제6장

비연악사(悲延樂士) 송현

이초가 음의 연을 끊고 속세를 멀리한 채 산속에 홀로 살아간다고 한들 그 또한 사람이다.

사람이니 어쩔 수 없이 산 아래로 내려와야 할 때가 있다.

그리고 그 대부분이 자급할 수 없는 생필품을 구하기 위해서거나 의방을 찾을 때였다.

"자, 됐습니다."

감았던 눈을 뜬 이초의 눈앞에 침구를 정리하고 있는 늙은 의원이 보였다.

악양 위가의방의 주인 침목명의(針睦名醫) 위가헌이다.

올해로 나이 육십을 바라보는 위가헌과 이초의 인연은 꽤나 오랜 세월 전부터 이어져 오고 있다.

이초가 절음을 하고 산속에 들어간 이후에도 두어 달에 한 번씩 정기적으로 의방에 방문하는 것도 그 오랜 인연이 밑바탕 되었기에 가능한 일이다.

"최근 토혈을 하신 적은 없으십니까?"

"몇해 전 이야기를 하고 있는 겐가. 이제는 괜찮네."

"다행입니다. 하나 기가 많이 허해지셨습니다. 또 무리하게 일하셨겠지요?"

"클클클! 한창 바쁠 때가 아닌가. 음을 끊었으니 밥벌이라도 하려거든 농사라도 제대로 지어야 할 것이 아닌가."

대답하는 이초의 웃는 낯에 위가헌은 고개를 절레절레 저었다.

매번 무리하지 말라고 해도 통하지 않으니 위가헌이 두 손 두 발 다 들어버린 것도 이미 오래전의 일이다.

이제는 그냥 그러려니 한다.

"그래도 적당히 하십시오."

"뭐, 생각나면 그리 하지."

이초가 자리에서 일어났다.

진료가 끝났으니 그가 더 이상 이곳에 머무를 이유가 없다.

"같이 나가시지요."

진료를 위해 풀어졌던 옷매무새를 가다듬으며 방을 나서는 이초의 뒤를 위가헌이 따라붙었다.

손에 보니 곱게 싼 침구가 가득 들려 있다.

"어디 가는가?"

"왕진입니다."

"왕진? 그 많은 제자들 두고 왜 사서 고생인가?"

"상세가 중하니 그런 것 아니겠습니까. 아직 제자들로는 무리이니 어쩔 수 없는 일이지요."

"클클! 누군지 몰라도 참 복 받은 위인이구먼그래."

이초가 피식 웃었다.

위가의방은 악양에서 오 대째 이어져 온 의방이다. 그리고 위가헌은 그 의방이 주인이자 침목명의라는 별호처럼 인근에서 명의 소리 듣기에 부족함이 없는 의원이다.

그의 밑으로 제자만 수십이고 하루에 의방을 찾는 환자가 또 수십이다. 워낙 용하기로 소문이 나서 인근 장사에서도 부러 찾아오는 환자가 있을 지경이다.

그런 위가헌의 왕진을 받는 것이니 호사도 보통 호사가 아닌 것이다.

"폐병이 중하여 하는 왕진인데 복은 무슨 복이겠습니까."

"클클! 그도 그렇구만. 그래, 어느 돈 많은 환자이신가?"

이초는 환자가 으레 돈 많은 권문세가의 사람이겠거니 했다.

젊었을 때의 위가헌이라면 공으로 치료를 나서는 경우도 있었지만, 위가의방의 주인이 된 지금은 그 일을 계속하기 힘들었다.

그보다 먼저 처리해야 할 일과 당장 눈앞에 찾아오는 환자를 살피는 것만으로도 하루가 다 모자랐다.

이제 그 일은 모두 제자들에게 맡긴 지 오래였다.

그러다 보니 권문세가가 아니고서는 위가헌에게 직접 왕진을 요청하는 이들을 찾기 어려웠다.

그런데 웬걸, 위가헌은 고개를 젓는다.

"돈은요. 북촌 사람입니다."

"북촌? 거긴 빈민가이지 않는가?"

"빈민가의 사람도 사람이지요. 사람인 이상 병이야 걸리게 마련 아니겠습니까."

"쯧! 약값도 제대로 못 받겠군."

이초가 혀를 찼다.

권문세가도 아닌데 위가헌이 직접 갈 정도면 상세가 중해도 보통 중한 것이 아닐 것이다.

들어가는 약재 값만 해도 결코 적은 돈이 아닐 텐데, 문제는 그 환자가 북촌의 사람이란 점이다.

궁핍한 살림의 북촌 사람에게서 왕진 값은커녕 약값도 제대로 건질 리 만무했다.

그럼 그 손해는 고스란히 위가헌이 떠안아야 하는 것이다.

"뭐 약값은 제때 내더군요. 가끔은 미리 선납을 할 정도입니다. 계속 이대로만 간다면 후유증이야 남겠지만 완치도 불

가능한 것은 아닐 듯싶습니다."

"무슨 돈이 있어서?"

"그야 저는 모르지요. 의원이 환자만 신경 쓰면 그만 아니겠습니까."

위가헌의 말에 이초는 고개를 주억거렸다.

하긴 위가헌의 성격상 약값을 대지 못한다고 하더라도 치료를 시작한 이상 끝을 보려 할 것이다. 하물며 약값을 제때 대고 있는데 무슨 신경 쓸 거리가 있겠는가.

그런 이초의 모습에 위가헌이 슬쩍 웃었다.

"요즘 악양에 걸출한 신인 악사가 나왔다고 하는데 알고 계십니까?"

"절음한 놈한테 잘도 그딴 걸 묻는구나."

이초가 삐죽 입을 내밀었다.

위가헌 또한 이초가 다시 음악을 하기를 바라는 이들 중 하나다. 그래서 그가 갑자기 화제를 신인 악사의 등장으로 돌린 것임을 이초가 모를 리 없었다.

"악양루의 악사들보다 낫다는 말이 들려서 말이지요."

"악양루보다?"

관심을 두지 않으려 하던 이초도 그 말에는 관심을 두지 않을 수가 없었다.

악양루와의 인연이 깊다 보니 자연스레 관심이 가는 것이다. 거기에는 이초가 가진 악양루의 자부심 또한 한몫하고 있었다.

"처음에는 그저 흔한 거리의 악사 중에 하나인 줄로만 알았답니다. 손에 들고 나온 비파도 보잘것없더라 하더군요."

"한데 그것이 아니었다?"

"예, 연주를 시작하니 그게 보통의 거리 악사들과는 격이 다르다 하더군요. 아릿하니 뭔가 절절하다더군요. 여린 여인네들은 눈물까지 글썽일 정도라 하여 비연악사(悲延樂士)라고 불린다 합니다."

"비연악사? 슬픔을 이끄는 악사, 뭐 이런 뜻인가 보군."

"예."

"뭐, 확실히 그 정도라면 보통은 아니지."

이초는 고개를 끄덕였다.

여인을 눈물짓게 할 정도라 하니 그 실력은 확실히 인정받아 마땅했다.

"첫날 그의 연주를 듣기 위해 모인 이들로 거리가 만원이되었고, 다음 날부터는 하나둘 그를 초빙하기 위해 객잔에서 나서기 시작했다고 합니다. 그리하여 지금은 하루 종일 이 객잔, 저 객잔에서 연주를 하느라 축시가 넘어서야 돌아간다고 합니다."

"축시? 몇 시부터 시작해서?"

"대중은 없지만 이른 새벽에 나선다고 하더군요. 그러니 대충 하루에 벌어들이는 수입이 꽤나 많을 것 같다고들 하더군요."

"흠......!"

이초의 입에서 침음성이 흘러나왔다.

생활이 궁핍해 당장 돈이 필요한 악사가 아닌 이상 보통의 악공들은 그렇게까지 많은 시간을 연주하지 않는다.

스스로를 가다듬을 시간이 필요하기 때문이기도 했지만, 음악을 연주하는 일이 보기보다 꽤나 많은 심력을 소모하는 일이기도 하기 때문이다.

더욱이 값을 받고 하는 일이라면 더욱 그러했다.

새벽부터 연주를 시작해서 축시가 넘어서 끝이 난다고 하면 그사이에 연주되는 곡만 해도 백 곡 가까이 될 것이다.

중노동도 그만한 중노동이 없다.

수련이 아닌 돈을 받고 하는 연주를 그렇게 하니 연주의 질은 최상에 못 미칠 것이 분명했다.

당장도 최선이 아니고 이후에도 계속해 그 질은 떨어질 것이다.

"그 미친놈이 누군지 몰라도 자네는 관심 두지 말게. 얼마 안 가 추락해 버릴 놈이니까."

때문에 이초의 평가도 야박해졌다.

가득 주름진 눈을 찌푸린 이초의 얼굴 표정에는 불편한 심경이 고스란히 드러나 있었다.

"그것참 아쉽군요. 모처럼 만에 좋은 악사가 나타났다 다들 좋아했는데요."

위가헌은 아쉬운 마음에 고개를 절레절레 저었다.

누가 뭐라 해도 이초는 한때 중원에서도 손꼽히는 악사로 명성을 날리던 인물이다. 그런 이초가 한 말이니 틀림없을 것이다.

하지만 악양에서 살아가는 한 사람으로서 아쉬운 마음이 드는 것은 어쩔 수가 없었다.

"비연악사 송현의 음악을 듣는 것도 그리 얼마 남지 않았네요."

쓴웃음을 머금는 위가헌의 말에 이초의 표정이 일변했다.

"누구? 송현?"

"예, 송현. 그것이 비연악사의 진명(眞名)입니다."

"육시랄!"

부지불식간에 이초의 입에서 욕지거리가 튀어나왔다.

송현.

너무나 익숙한 이름이다. 잊으려야 잊을 수 없는 이름이기도 하다. 오래전 연락이 끊긴 지음의 추천으로 찾아와서 한동안 이초를 괴롭힌 젊은 악공의 이름이 송현이지 않던가.

'대현 그놈도 눈이 다하였구나. 어찌 장사치나 될 놈을 추천했단 말인가.'

송현이 비록 이초를 피곤하게 만들었지만 나쁘게 여기지는 않았다. 지음인 대현의 추천을 받을 만큼 자질을 갖추었다고 여겼고, 실제로 이초에게 보여준 근성도 좋게 보았다.

한데 그 모든 게 착각이었다고 생각하니 불쑥 울화통이 치민다.

붉어진 이초의 얼굴에 위가헌이 조심스럽게 물었다.

"혹 아시는 분입니까?"

"알기는! 내가 어찌 그딴 돈벌레를 알겠는가!"

위가헌의 물음에 이초는 불쾌하다는 듯 버럭 소리를 질렀다.

*　　　*　　　*

"아저씨는 왜 그렇게 열심히 하세요?"

오전 연주가 끝이 나고 송현은 점심 식사를 위해 객잔에 들렀다.

그런 송현의 앞에 동글동글한 눈을 빛내고 있는 아이가 있다.

아이의 이름은 상아.

현재 송현이 신세를 지고 있는 아낙의 여덟 살 먹은 어린 딸이다. 상아는 매 끼니 때마다 송현을 찾아왔다.

고기반찬이 나오기 때문이다.

아낙, 아니, 이제는 송현이 오 부인이라 부르는 상아의 어머니는 송현의 식탁에만 고기반찬을 올렸다.

그건 그녀가 할 수 있는 최선의 감사 표시였다. 송현이 한사코 괜찮다고 말해도 오 부인은 그것만큼은 고집을 꺾지 않았다.

처음 상아가 송현과 친해진 것도 그 때문이다. 그 후 송현이 거리의 연주를 통해 어느 정도 자리를 잡게 된 이후에도 상아는 항상 끼니때만큼은 송현을 찾았다.

악양의 크고 작은 객잔들이 송현을 모시기 위해 혈안이 되어 있으니 송현에 대한 대접을 소홀히 할 리가 없었다. 송현이 끼니를 해결하기 위해 찾아오면 객잔에서는 최선을 다해 송현을 대접했다.

상아가 항상 끼니때만 되면 송현을 찾아오는 이유 중에 하나는 분명 그 때문일 것이다.

정작 본인은 송현이 혼자 밥을 먹으면 외로울까 봐 찾아오는 것이라고 주장하고 있지만, 고기전병을 한입 가득 베어 물고 행복한 표정을 짓는 모습을 보고 있노라면 전혀 설득력 있게 느껴지지 않았다.

상아의 물음에 송현은 고개를 갸웃했다.

"열심히? 무엇을 열심히 한다는 거야?"

"아이참, 연주 말이에요, 연주! 연주 때문에 아저씨는 매일 새벽에 나가서 상아가 자는 밤늦게 들어오잖아요."

송현은 웃었다.

"그냥. 즐거워서."

"치! 거짓말. 아빠가 전에 그랬어요. 연주하는 일이 정말 힘든 일이라고."

"글쎄? 나는 정말 즐거운걸."

"엄마가 아저씨는 정말 고마운 분이시래요. 저희 때문에 매일 힘들게 연주하신다고. 그래서 상아랑 엄마랑 매일 밥 안 굶어도 되고, 아빠도 이제 치료도 받고 약도 먹고 할 수 있는 거라고."

상아는 드물게 진지한 표정을 지어 보인다.

그래보아야 고작 여덟 살 여아의 귀여운 모습일 뿐이지만, 상아의 말은 크게 틀리지 않았다.

상아에게도 많은 변화가 있었다. 이제 무서운 빚쟁이가 찾아오는 일도 드물었고, 끼니를 거르는 일도 이제는 없다. 상아의 아버지 또한 유명한 의원의 치료를 받기 시작했다.

아무리 어린 상아지만 그 변화가 언제부터 시작된 것인지는 안다.

송현이 상아의 집에 머물면서부터이다.

"아저씨가 힘들면 이제 그만해도 돼요."

상아는 말했다.

"왜? 그럼 상아 아버지께선 더 이상 치료를 받지 못하실 수도 있는걸."

송현이 반문했다.

"그, 그건……."

송현의 물음에 상아는 우물쭈물했다. 그러다 이내 그 큰 눈에 눈물이 그렁그렁 맺힌다.

아직 어린 상아는 그것까지는 생각해 보지 못한 듯했다.

"그, 그건 싫지만… 흑! 히끅! 무서운 빚쟁이 아저씨들이 찾아와서 우리 엄마한테 화내는 것도 싫은데…….'

"그런데?"

"아저씨가 힘든 것도 싫어요."

울먹이던 상아가 고개를 푹 숙여 버린다.

"…사람들이 아저씨보고 돈벌레래요. 상아는 아저씨가 그런 소리 듣는 거 싫어요."

상아가 꾹 다물었던 입을 삐죽 내민다.

슥슥!

송현은 고개를 푹 숙인 상아의 머리를 쓰다듬어 주었다.

어쩌다가 사람들이 송현에 대해 하는 이야기를 들었나 보다. 송현의 실력에 대한 유명세만큼이나 송현이 하루에 얼마나 많은 연주를 하는지에 대해서도 유명했으니까.

그러니 자연 거기에 대한 평가도 입에 오르내리게 마련이다.

어제는 길거리의 악사 하나가 송현의 면전에다 대고 예인의 기본도 안 된 쓰레기라고 욕하지 않았던가.

상아의 어린 마음에 송현에 대한 그런 평가가 마음 아팠던 것이다.

"아저씨가 아주 어렸을 때 말이야, 아저씨의 할아버지도 악공이셨어."

"아저씨네 할아버지도요?"

"그래. 그런데 돈은 많이 벌지 못하셨나 봐. 이제는 희미해진 기억 속에서도 살림이 궁핍했던 것은 기억나거든. 할아버지는 매일같이 이 아저씨를 굶기지 않으려고 힘든 산길을 오르내리셨어. 마을에 내려가 연주를 하고 품이라도 팔아야 했으니까."

송현의 입가에 옅은 웃음이 그려졌다.

궁핍한 생활 속에서도 할아버지는 언제나 가족인 송현을 지키기 위해 최선을 다했다.

노구를 이끌고 매일같이 산을 오르내리면서도 힘든 내색한번 하지 않았다. 농번기에는 품을 팔고 농한기에는 거리에서 음악을 연주하는 것으로 살림을 꾸렸다.

그 일이 결코 쉬운 일은 아니었을 것이다.

하지만 할아버지는 그 고생스러운 일을 마다하지 않고 송현을 지켜냈다. 심지어 송현을 떠나던 그날까지도 할아버지는 끝끝내 송현을 지켜냈다.

"우리 아빠랑 같네요?"

상아가 말했다.

"그래, 너희 아버지와 같구나."

송현이 웃으며 고개를 끄덕였다.

상아의 아버지도 그랬다. 악공으로서 어떻게든 자신의 가정을 지키기 위해 노력했다. 그 결과 폐병까지 얻어 몸져누우면서도 말이다.

　"하지만 다른 게 있단다. 상아와 상아 어머니는 그런 너희 아버지를 지켜냈지만 나는 그러지 못했으니까."

　가난 속에서도 오 부인은 자신의 남편을 살리려 애를 썼다. 그 많은 빚을 진 것도 그 때문이고, 마지막에 가서는 악기상의 바짓가랑이를 잡고 매달리는 수모도 마다하지 않았다.

　첫날 본 오 부인의 머리를 감싸고 있던 흰 수건의 정체는 마지막 남은 자신의 머리칼마저 팔아 가정을 지키려 애쓴 노력을 감추기 위한 것이었다.

　오 부인은 그렇게 쓰러져 버린 남편을 지켰다.

　할아버지가 떠나가는 그 순간까지 그저 아무것도 모른 채 깊은 잠에 빠져 있던 송현과는 너무나 다른 모습이다.

　"아저씨……."

　상아가 눈물이 가득한 눈으로 송현을 올려다보았다.

　송현이 하는 말의 의미를 어린 상아는 아직 알지 못했지만 그저 송현이 슬퍼한다는 것만은 알고 있었다.

　어쩌면 그것은 상아가 아직 때 묻지 않은 어린아이이기에 더욱 절실히 느끼고 있는 것인지도 모를 일이다.

　송현은 그런 상아를 안심시키듯 웃었다.

　"나는 즐겁단다. 지금 이렇게 연주를 할 수 있다는 게 너무나 즐겁고 감사해. 그러니 걱정하지 말거라."

송현은 상아의 머리를 슥슥 쓰다듬어 주었다.

송현의 말은 진심이었다.

혹자는 송현을 돈에 정신 팔린 미친놈이라 욕하지만, 송현
은 연주를 할 수 있는 지금 이 순간순간이 너무나 즐겁고 감
사했다.

연주를 할 때마다 스스로를 되짚을 기회가 된다.

연주를 할 때면 가슴속에서 무언가 따스한 기운이 채워지
는 듯하다.

남들은 송현이 곧 퇴보하고 말 것이라 했지만, 송현은 오히
려 자신의 점점 더 성장하고 있음을 깨닫고 있었다.

힘들기는커녕 기운이 넘쳐나기만 한다.

그러니 남들이 송현을 무어라 욕을 하던 송현은 전혀 상관
없었다.

어쩌면 대리 만족일지도 몰랐다.

할아버지는 지키지 못한 대신 상아의 가족을 지키고 있는
것인지도 모른다.

그러나 상관없었다.

이유야 어찌 되었던 송현은 지금이 만족스러웠다.

'그래도 이제는 좀 자제해야 하나……'

세상을 혼자만 살아갈 수는 없는 법이다.

송현도 눈치라는 것이 있는 이상 자신을 바라보는 다른 악

사들의 눈치가 점점 더 사납게 변해 가고 있음을 알고 있었다.

그도 그럴 것이, 새벽부터 시작해 축시가 넘어서야 송현의 연주는 끝이 났다. 그네들의 입장에서는 한창 주목을 받고 있는 송현에 의해 손님을 빼앗겼다 여겨질 만도 했다.

실제로 흘러가는 소리로 듣기에도 그들이 하루 연주를 통해 벌어들이던 수익이 상당히 줄어들었다고도 했다.

본의 아니게 폐를 끼친 것이다.

"무슨 생각을 그리 깊게 하십니까?"

한참 생각에 잠겨 있는 송현의 귓가로 익숙한 목소리가 들려왔다.

"아! 오 악사님!"

마흔은 됨 직한 외모에 사람 좋은 미소를 짓고 있는.

악양루에서 이미 몇 번 마주하고 이야기를 나누어본 적 있는 오지겸이었다.

"그간 잘 지내셨습니까? 요즘 송 악사님에 대한 칭찬이 아주 자자하더군요. 요즘은 비연악사라 불리신다지요?"

사람 좋은 웃음을 짓는 오지겸의 말에 송현은 머리를 긁적였다.

"허명일 뿐입니다. 욕만 듣고 사는걸요."

송현의 얼굴이 붉어졌다.

오지겸이 이렇게 칭찬하니 왜 이렇게 쑥스럽고 창피한지

모르겠다.

송현의 겸양에 오지겸은 또다시 웃음을 터뜨렸다.

"허허허! 악양에 누가 있어 송 악사님을 욕하겠습니까."

비아냥거림이 아니었다.

오지겸은 진심으로 송현의 성공을 축하하고 있었다.

"아저씨는 누구예요? 아저씨도 악사예요?"

그때 가만히 물러서 있던 상아가 불쑥 입을 열었다. 투명한 눈가에는 은근한 경계심이 어려 있다.

하나 오지겸은 그저 사람 좋은 웃음을 지을 뿐이다.

"그래, 악사란다."

"어? 이상하다?"

오지겸의 대답에 상아가 고개를 갸웃한다.

고개를 좌우로 갸웃거리는 상아의 모습에는 이해하기 힘들다는 표정이 역력했다.

상아는 그 좋아하는 고기전병도 내버려 둔 채 의심스럽다는 듯 오지겸의 주위를 한 바퀴 돌았다.

"정말 악사 맞아요? 이상하다? 그런데 왜 욕을 안 하지?"

송현에게 비난을 쏟아내던 다른 악사들과 다른 오지겸의 모습이 상아에게는 이해하기 힘든 일인 듯 보였다.

달리 보자면 그만큼 다른 악사들에게 송현이 욕을 먹는 것이 어린 상아에게는 큰 충격이었음을 또 느낄 수 있었다.

"하핫! 죄송합니다."

그러나 송현을 생각하는 그런 상아의 마음이 지금은 송현을 난처하게 만들었다.

어색한 웃음을 지으며 고개를 숙이는 송현의 모습에 오지겸은 고개를 저었다.

"허허, 아닙니다. 아이가 송 악사를 많이 좋아하나 봅니다."

그리고는 고개를 숙여 상아와 눈을 맞춘다.

"악사인 내가 송 악사를 비난하지 않는 것이 신기한 모양이구나."

"예, 전부 욕했어요. 아저씨는 착한데… 그 사람들은 아저씨보고 나쁘대요."

풀죽은 상아의 대답에 오지겸이 고개를 끄덕이며 동의했다.

"그래, 그렇구나. 저리 선하신 분이 무엇이 그리 나쁘다는 것인지 모르겠구나. 다 아무것도 모르고 한 말이니 너도 너무 마음에 두지 말거라."

"모르고요?"

"암. 모르고 한 말이지. 아마 사정을 안다면 누가 송 악사님을 비난할 수 있겠느냐."

송현은 두 사람의 대화에서 한 가지를 깨달았다.

"알고 계셨습니까?"

오지겸은 다른 악사들이 송현을 비난한 것이 아무것도 모르기 때문이라 했다. 사정을 알았다면 비난할 수 없을 것이라고 했다.

그 말을 달리 보면 오지겸은 송현이 왜 아침 일찍부터 밤늦게까지 연주를 계속하는지 그 이유를 알고 있다는 뜻이다.

송현의 물음에 오지겸이 웃었다.

"허허허, 이곳은 악양입니다. 악양은 소문이 참 빨리 도는 곳이지요. 조금만 관심을 둔다면 얼마든지 알아낼 수 있는 사실입니다."

"그렇군요."

송현은 고개를 끄덕였다.

송현이 연주를 시작하며 악양에서 주목 받기 시작한 데에는 그리 오랜 시간이 걸리지 않았다.

그것을 감안한다면 오지겸의 말은 틀린 데가 없었다.

"그런데 어쩐 이유로……."

송현은 부러 말끝을 흐렸다.

이초에 대해 질문하던 그날 이후로 오지겸과 송현이 마주한 일은 없었다. 그런데 지금 오지겸이 찾아왔으니 나름의 이유가 있을 것이다.

송현의 물음에 오지겸은 잊고 있던 것이 기억났다는 듯 손뼉을 짝 쳤다.

"아, 이런. 반가운 마음에 잠시 잊고 있었습니다. 죄송합니다. 실례가 되지 않는다면 저와 함께 가시겠습니까?"

"지금이요?"

"아닙니다. 편하실 때 언제든 상관없습니다. 송 악사님을 뵙고 싶어하는 분이 계십니다."

"저를 말입니까? 누가 저를 찾는단 말인지요."

송현의 물음에 오지겸이 웃으며 답했다.

"루주님이십니다."

"루주시라면?"

오지겸이 고개를 끄덕인다.

"예, 악양루의 주인이십니다."

*　　　*　　　*

단출하게 꾸며진 집무실은 정말 필요한 것만 갖추고 있었다. 집무에 필요한 사무 도구를 제외한다면 방 안에 있는 건 아무것도 없다고 보아도 좋을 정도였다.

그러나 결코 평범하지 않다.

루주의 자리 뒤로 넓게 난 창 때문이다.

넓게 난 창으로 악양의 풍경이 한눈에 들어온다. 태양이 내려앉은 깊은 밤인데도 악양은 잠들지 않았다. 불 켜진 악양의 전경은 동정호와는 또 다른 흥취를 자아낸다.

"앉으세요."

멍하니 주위를 살피던 송현을 일깨우는 목소리가 있었다.

"아, 예!"

퍼뜩 정신을 차린 송현은 목소리의 주인이 가리키는 자리에 어색하게 앉았다.

자리에 앉은 송현은 자신에게 자리를 권한 이를 바라봤다.

오지겸을 통해 송현을 초대한 악양루의 주인이 바로 그, 아니, 그녀였다.

아주 젊다. 그리고 곱다.

송현과도 그리 나이 차이가 나지 않을 만큼 젊어 보이는 외양에 가히 미인이라 불려도 부족하지 않을 만큼 고운 미모를 지닌 그녀가 악양루의 루주라는 것에 송현은 내심 적지 않게 놀란 상태이다.

그런 마음을 알았음일까.

그녀가 웃는다.

"놀라셨지요? 악양루의 루주가 계집이라니. 그것도 어린."

"아, 아닙니다."

송현은 마음이 들킨 것 같아 급히 손을 내저었다.

그러나 강한 부정은 긍정과 다를 바 없는 것이다.

"거짓말을 못하시는 분이네요. 비록 임시지만 악양루의 루주를 맡고 있는 장서희라고 해요. 잘 부탁드려요."

그녀, 아니, 장서희는 송현의 어설픈 거짓말에도 전혀 기분 나빠하지 않았다.

오히려 초승달처럼 휘는 눈매는 송현의 거짓말이 그저 귀엽기만 하다고 말하는 듯했다.

"송현입니다."

송현은 애써 당황한 마음을 감추며 자신을 소개했다. 그러나 자꾸만 장서희의 눈을 피하게 되는 것은 어쩔 수가 없었다.

장서희의 미모에 홀린 것은 아니다.

송현이 음악을 익힌 곳은 교방이었다. 관현방과 달리 교방엔 악사만 있는 것이 아니다. 악사들의 연주에 맞춰 춤을 추는 무희도 있었다.

황제의 앞에서 춤을 뽐내야 하는 무희의 미색이 박색일 리 없다.

미모로만 따지자면 그녀들도 장서희에 비견해도 모자람은 없었다.

분위기였다.

은연중에 그녀에게서 흘러나오는 부드러운 분위기가 송현을 자꾸 위축되게 만들었다.

"제가 왜 송 악사님을 초대했을까요? 짚이는 데가 있으시겠지요?"

"연주를 맡기시려는 겁니까?"

송현의 대답은 망설임이 없었다.

악양루에서 악사를 찾는 이유야 달리 찾을 필요도 없다. 굳이 더 찾자면 이초와 송현의 인연이 있겠지만, 그것이 이유였다면 장서희는 진즉에 먼저 송현을 초대했을 것이다.

장서희는 송현의 짐작이 틀리지 않았음을 확인시켜 주듯 작게 고개를 끄덕였다.

"맞아요. 연주를 부탁드리고 싶어 송 악사님을 초대했어요. 가능한가요?"

부드러운 분위기나 인상과 달리 그녀의 화법은 꽤나 직설적이었다.

"그전에 질문이 있습니다."

"하세요."

"왜 저를 초대하셨는지 알고 싶습니다. 악사라면 악양루에도 많은 줄로 알고 있습니다."

송현은 처음으로 장서희의 눈을 똑바로 응시했다.

내심 가장 궁금한 이유다. 악양루가 보유한 악사들이라면 악양에서도 손꼽힌다.

그녀가 부러 외부에서 새로운 악사를 영입할 이유는 없었다.

"그들만으로는 부족하기 때문이에요."

송현의 물음에 장서희는 망설이지 않고 대답했다.

"……"

송현은 굳은 듯 입을 열지 못했다.

장서희는 그런 송현을 보며 알 듯 모를 듯한 미소를 지으며 설명을 이어갔다.

"악양루는 다루(茶樓)인 동시에 주루(酒樓)예요. 하지만 저희가 진정으로 파는 것은 풍류지요. 많은 분이 저희 악양루의 풍류를 사기 위해 악양루를 찾는 것이지요."

악양루에서 펼쳐져 보이는 전경, 악양루의 역사가 쌓아온 이야기, 거기에 술과 차가 더해진다.

그를 통해 사람들은 자신이 이백과 두보가 된 기분을 만끽한다. 또 혹자는 당시의 그들이 느꼈을 무언가를 좇으려 하기도 한다.

많은 시인묵객이, 지방의 유지와 고관대작들이 악양루를 찾는 이유 또한 그 때문이다.

그것이 악양루가 그들에게 주는 풍류다.

음악 또한 술과 차, 그리고 악양루의 역사와 전경과 마찬가지로 악양루를 찾는 이들에게 풍류를 주는 또 하나의 중요한 요소였다.

"악양루가 가진 역사와 전경은 어디 가는 것이 아니에요. 좋은 술도 얼마든지 구할 수 있지요. 하지만 좋은 음악은 아니에요."

"좋은 음악을 연주할 수 있는 악사가 있어야겠지요."

"맞아요. 그건 저희 악양루가 마음대로 할 수 없는 일이에요."

장서희는 고개를 끄덕여 송현의 말이 틀리지 않았음을 확인시켜 주었다.

좋은 음악은 좋은 악사가 있어야 가능한 일이다. 그러나 그것은 악양루가 가진 능력 밖의 일이었다.

돈으로 능력 있는 악사를 초빙할 수는 있겠지만 그것은 한계가 있다. 일정 수준 이상의 악사는 이미 자신만의 영역을 구축해 놓은 이들이 대부분이다. 때문에 그들은 좀처럼 돈만으로 움직이는 법이 없기 때문이다.

그러한 상황에서 송현이 나타났다.

어디에도 적 둔 곳 없는 송현의 등장은 악양루의 입장에서는 충분히 욕심을 부려볼 만한 일이다.

"무리하신다고 들었어요. 매일같이 하루 종일 연주를 하신다지요? 저희 악양루에서는 그것을 원하지 않아요. 송 악사님의 최고의 음악, 그것을 닷새에 한 번, 한 시진만 들려주시면 돼요. 물론 수익을 걱정하실 필요는 없어요. 적어도 지금보단 훨씬 나을 것이란 걸 약속드리죠."

곧장 악양루에서 송현에게 해줄 수 있는 조건을 이야기하는 장서희다.

파격적인 조건이다.

연주는 고작 닷새에 한 번이다. 그것도 한 시진에 불과하다. 그런데도 수익은 지금보다 나을 것이라 장담한다.

연주의 횟수를 줄여야겠다고 마음먹고 있던 송현이기에 장서희가 내건 조건은 더욱 구미가 당길 수밖에 없었다.

"……."

그런데도 송현은 좀처럼 입을 열지 못했다.

장서희는 그런 송현의 반응이 조건이 마음에 들지 않아서라 여기는 듯했다.

"남 악사님이신가요? 현재 송 악사님께서 머물고 계신 거처의 주인 분이요."

남 악사.

그것은 상아의 아버지를 칭하는 말이다. 비록 지금껏 직접적으로 대면하고 말을 나누어본 적 없지만 송현도 상아 아버지의 이름은 알고 있었다.

남치국.

그것이 상아의 친부이자 오 부인의 지아비이며 송현이 신세를 지고 있는 집의 주인이다. 또한 폐병으로 병상에 누워만 있을 수밖에 없는 이의 진짜 이름이기도 했다.

"그분의 치료에 필요한 모든 지원을 해드리지요. 이 정도가 저희 악양루에서 해드릴 수 있는 최선이에요."

상아의 아버지는 폐병을 앓고 있다. 그 병세도 매우 중하다. 그 치료에 필요한 약값은 결코 가벼운 것이 아니었다.

실제로 송현은 벌어들이는 수익의 절반을 매일 방세라는 명목으로 오 부인에게 떠맡기듯 지불하고 있지만 그 대부분이 남 악사의 약값으로 들어간다는 것을 잘 알고 있다.

장서희의 말한 최선이라는 말이 결코 허언이 아니었다.

그러나 송현의 표정은 밝아지기는커녕 오히려 어두워졌다.

"과분한 대우입니다. 제 실력이 루주께서 원하시는 실력에 미치지 못한다면 어찌하시려고요."

송현의 걱정은 그것이었다.

이렇게 많은 대가를 약속하면서까지 송현을 영입하려는 장서희다. 그만큼 큰 기대를 가지고 있을 것이다.

송현은 그 기대를 충족시킬 수 있을지 스스로도 장담할 수 없었다.

장서희의 마음속을 들여다보지 않는 이상은 사실상 불가능한 일이다.

"상관없습니다. 그것은 송 악사님의 잘못이 아니에요."

송현의 우려스러운 말에도 장서희는 시종일관 여유가 넘쳤다.

마치 자신의 일이 아니라는 듯한 모습이다.

"그건 제 안목을 탓할 일이니까요."

장서희가 말했다.

송현의 두 눈의 눈동자를 응시하는 장서희는 자신의 자신감을 숨기지 않았다. 그 자신감이 스스로의 안목에 대한 믿음인지 송현에 대한 믿음인지는 알 수 없었다.

그러나 단 한 가지 확실한 것은 있었다.

장서희가 내보인 자신감이 송현의 마음을 움직였다는 것이다.

"악기가 필요합니다."

송현이 말했다.

그녀가 믿는 것이 본인의 안목이든 아니면 송현의 실력이든 그것은 중요하지 않다.

중요한 것은 그녀가 믿어주었다는 것이다.

그렇다면 송현 또한 그 믿음에 보답해야 함이 맞다.

최선의 연주.

그것을 위해서라면 진짜 악기가 필요했다.

"괜찮으시겠습니까?"

송현이 떠나간 집무실을 오지겸이 대신했다.

"괜찮지 않을 이유가 있나요?"

걱정스런 오지겸의 물음에 답하는 장서희의 얼굴은 태연하기만 했다.

"반발이 만만치 않을 것입니다."

"그렇겠지요."

오지겸이 걱정하는 것은 악양루의 다른 악사들이었다. 그네들의 입장에서 송현은 그저 최근 각광을 받기 시작한 거리의 악사에 불과했다.

더욱이 하루 종일 계속되는 송현의 연주로 인한 안 좋은 선입견까지 가지고 있는 상태이다.

그런 송현이 파격적인 조건으로 악양루에 영입되었으니 그네들의 자존심이 그것을 용납하지 않을 것이다.

"송 악사님을 동호연의 중심에 세우시겠다는 것은 아직 시기상조입니다."

동호연.

악양루에서 닷새에 한 번 이루어지는 연회다.

지방의 유지와 권문세족이 참여하는 자리다. 악양루의 악사 중에서도 손꼽히는 이들만 그 연회에서 악기를 연주할 자격이 주어진다.

오지겸이 진정으로 걱정하는 것은 그런 동호연의 중심에 송현을 세우려는 장서희의 내심이었다.

물론 장서희도 오지겸이 염려하는 바가 무엇인지 모르지 않았다.

그러나 장서희는 끝내 자신의 고집을 꺾지 않았다.

"악양루에서 태어나 악양루에서 자랐어요. 저는 제 안목을 믿습니다."

장서희는 웃었다.

제7장
동호연(洞湖宴)

또 같은 꿈을 꾸었다.

굳게 닫힌 방문 너머로는 하얀 눈이 내리고 있었다. 숲 속을 스쳐 지나가는 바람 소리는 마치 귀신의 울음소리처럼 무섭기만 했다.

그러나 이내 들려오는 거문고 소리가 있었다.

안심하라 다독이듯 거문고 소리는 따뜻하게 울려 퍼진다. 추위도 느껴지지 않고 두려움도 생기지 않는다.

든든한 마음에 마음이 절로 편안해진다.

마음이 편안해지니 절로 잠이 왔다.

잠결에도 거문고 소리는 계속해서 들려온다. 마치 어미의 품과 같이 주위를 맴돌며 따스하게 감싸 안아준다.

계속해서 듣고 싶다.

이대로 영원히 시간이 멈추어 버렸으면 좋겠다.

그러나 그런 송현의 바람은 끝끝내 이루어지지 않았다.

벌컥!

문 여는 소리와 함께 눈 섞인 찬바람이 몰아쳐 들어온다.

거문고 소리는 사라지고 외로움이 찾아든다.

"헉!"

송현은 놀라 잠에서 깨어났다.

언제나 같은 꿈이다. 그 시작은 조금씩 다를지언정 그 끝은 항상 문이 열리는 것으로 끝이 난다.

문이 열리면 모든 것이 사라진다.

할아버지도 송현을 안아주던 거문고 소리도 더 이상 존재하지 않는다.

방 안에서 눈을 뜬 송현은 잠시 주위를 둘러보다 이내 피식 웃음을 흘렸다.

"긴장해서 그런가?"

이제 날이 밝으면 장서희와 약속한 닷새가 된다.

처음으로 악양루에서 연주를 해야 하는 날이다.

의식하지 못했지만 그것에 알게 모르게 긴장되었나 보다.

그래서 좀처럼 꾸지 않던 그 꿈을 다시 꾼 것이리라.

비록 잠에서 깨었지만 오랜만에 그리운 그 꿈을 다시 꾼 것은 너무나 반가웠다.

송현은 웃었다.

"연습이라도 해야겠구나."

거문고를 무릎에 올렸다. 가만히 현을 고르고 이내 부드럽게 현을 튕겨냈다.

                    *   *   *

닷새가 흘렀다.

송현이 다시 악양루를 찾은 것도 닷새가 흐른 뒤의 일이다.

악양루를 찾은 송현의 등 뒤에는 거문고가 메어져 있었다. 악기가 필요하다는 송현의 요구를 들어준 것이다.

구하기 쉬운 악기가 아니었을 텐데도 장서희는 불과 반 다경 만에 새 거문고를 건네주었다. 그것도 그저 그런 하품이 아닌, 명기라 불려도 좋을 상품의 거문고였다.

송현은 그 명기를 손에 익히기 위해 한동안 두문불출한 채 거문고만 어루만졌다.

그리고 이제 그 결과를 보여주어야 할 때였다.

송현이 악양루를 찾자 오지겸이 직접 나서서 송현을 맞이했다.

"제때 오셨군요. 이리 오시지요."

오지겸은 송현을 직접 안내했다.

평소에는 개방되지 않는 악양루 최상층인 삼 층에 올랐다. 삼 층의 구조는 독특했다. 절반은 개방된 공간에 탁자가 여럿 놓여 있어 누구든 앉아서 주위의 정취를 감상할 수 있게 되어 있었다.

그와 반대로 나머지 절반은 벽을 세워 따로 큰 방을 만들었다. 특이한 것은 커다란 미닫이창이 일정한 간격으로 나 있다는 점이다.

오지겸의 설명으로는 평소에는 그 창이 닫히면 방 안의 소리가 절대 밖으로 새어 나가는 법이 없다고 했다.

오지겸이 안내한 곳은 그 방문 앞이었다.

"음보는 모두 숙지하셨습니까?"

긴장한 듯 오지겸의 목소리가 떨렸다.

악양루에서 일을 하기로 한 이후 장서희가 거문고와 함께 열댓 개의 음보를 미리 건네준 일이 있다.

송현은 웃으며 답했다.

"예, 몇번 접한 것들이라 그리 어렵지는 않더군요."

"다행입니다."

안도의 한숨을 내쉬던 오지겸은 이내 안색을 굳혔다.

"도지휘첨사께서 와 계십니다. 송 악사께서는 오늘 연회의 중심이 되셔서 연주를 이끄셔야 합니다."

"그렇습니까?"

처음 듣는 이야기에 송현도 적지 않게 놀랐다.

황제를 앞에 두고도 연주했으니 도지휘첨사를 앞에 두고 연주하는 것이 떨릴 일은 없다. 그러나 연주의 중심이 된다는 것은 조금 다른 문제였다.

연주의 중심에 선다는 것은 곧 연주의 모든 책임을 떠맡아야 한다는 것이다.

"동호연이라 하는 것입니다. 닷새에 한 번씩 인근의 권문세족을 초대해 악양루에서 주최하는 연회이지요. 악양루의 악사 중에서도 손꼽히는 이들만 이 연회에 참석할 수 있습니다. 지금껏 악양루의 명성을 유지하게 한 것 또한 이 동호연이지요."

송현은 자신이 맡은 일이 생각 이상으로 중요한 일임을 깨달았다. 최선을 다하겠다고 했지만 부담이 되는 것은 어쩔 수가 없었다.

"그렇게 대단한 자리를 제가 맡아도 되는지 모르겠습니다."

"루주께서는 송 악사님을 믿는다 하셨습니다. 하나 쉽지는 않을 것입니다."

오지겸이 송현을 격려하는 한편 충고했다.

송현은 그 충고가 비단 이번 연주에 대해서만 한정된 것이 아님을 느꼈다.

"미움 받고 있나 보군요?"

"…죄송합니다."

오지겸의 사과에 송현은 자신의 짐작이 틀리지 않았음을 확인했다.

'하긴… 당연한 일이겠지.'

예인의 자존심이란 것이 있다. 악양의 명소로 손꼽히는 악양루의 악사들이라면 그 자존심 또한 상당할 것이다.

굴러들어 온 돌이나 다름없는 송현이 연회의 중심을 담당하게 되었으니 기존의 악양루 악사들의 자존심에 큰 상처를 입힌 꼴이 되어버렸다.

당연히 반발이 있을 것이다.

"어쩌면 저 혼자 독주만 하다 끝날지도 모르겠네요."

송현은 쓰게 웃었다.

＊　　　＊　　　＊

덜컥.

문이 열렸다.

참석하기로 되어 있는 도지휘첨사의 모습은 보이지 않는다. 단정하게 꾸며진 내부에는 미리 자리하고 있는 다른 악양루의 스물 남짓한 숫자의 악사만 앉아 있다.

하나같이 연배가 있다. 그들 모두 악양루에서만 수십 년을 악사로 지내온 이들일 것임은 굳이 생각할 필요도 없는 일이다.

그들에 비하면 오지겸은 아주 젊은 편이었다.

오지겸이 자리에 착석하고 나서도 누구 하나 먼저 입을 여는 이가 없었다.

그 어색한 침묵 속에서 송현은 악사들의 맨 앞 미리 준비된 자신의 자리에 앉았다.

그런 송현의 등 뒤로 스물의 적의 어린 시선이 내리꽂힌다.

"흥! 새파랗게 어린놈이!"

"누가 아니란 말입니까. 알량한 재주로 돈벌이나 하던 놈이 꼴에 악사라고 앉아 있으니… 이제 개돼지도 악사랍시고 설쳐대는 것은 아닌지 모르겠습니다."

들릴 듯 말 듯한 작은 소리로 송현을 비난하는 말들이 번졌다.

작은 목소리였지만 그것은 분명 송현이 듣기를 바라고 하는 말임을 송현 또한 모르지 않았다.

그중에서도 가장 먼저 송현을 비난한 늙은 악사의 눈빛이 매섭게 빛나고 있었다.

'흥! 어디 네놈 뜻대로 될까 보느냐!'

그의 이름은 모도환.

악양루에서만 보낸 시간이 삼십 년은 훌쩍 넘는 악양루의 원로 악사이다. 악양루의 오랜 악사 중 이초의 가르침을 받지 않은 이가 어디 있겠냐마는 모도환만큼이나 이초를 존경하고 있는 이도 흔치 않았다.

그렇기에 이번 연회의 중심에 서게 된 송현이 더욱 마음에 들지 않는 것이다.

'이초 대인 이후 누가 감히 앞에 선단 말인가!'

이초가 절음을 선언한 이후 연회의 중심에 서는 악사는 없었다. 모도환은 물론 악양루의 어느 악사도 앞에 나서기를 원하지 않았고, 또한 누가 앞에 나서는 것도 용납하지 않았다.

대신 중심에 서서 연주를 이끄는 이 없는 합주 형태로 지금껏 동호연이 이루어졌다.

그런데 느닷없이 송현이 나타나 그 자리를 꿰찬 것이다.

더욱이 송현에 대한 소문이 어떠한지 들어본 바 있는 이상에야 호락호락 앞자리를 내어줄 리 만무하다.

거기에는 장서희의 명으로 오지겸이 다른 악사들에게 어찌하여 송현에게 그런 소문이 따라붙게 되었는지 설명해 주지 않은 이유도 있었다.

이유를 알지 못하기에 미움은 더욱 깊을 수밖에 없었다.

'다들 나와 같은 마음이라 믿소!'

모도환은 말없이 다른 악사들을 바라봤다.

악양루의 악사 중 우두머리 격이라 할 수 있는 모도환의 시선에 모두들 말없이 고개를 끄덕인다.

미리 약속한 바가 있다.

그리고 이 자리에서 그것을 다시 한 번 확인받는 것이다.

뚱―! 땅―!

그것을 아는지 모르는지 송현은 그저 앞에 앉아 자신의 거문고를 손보고 있다.

미운털이 박히니 그것도 뻔뻔하게만 보인다.

"거 조용히 좀……!"

막 한소리 면박을 주려 할 때였다.

덜컥!

"허허허, 내 늦어서 미안하오."

쉰을 훌쩍 넘긴 나이에도 건장한 체격을 자랑하는 누군가 들어왔다. 관복은 입지 않았으나 오늘 이 자리에 누가 참석하는지는 이미 알려진 사실이다.

도지휘첨사.

그가 동호연에 참석한 것이다.

막 송현에게 한소리 하려던 모도환은 급히 입을 다물었다.

그러면서도 매서운 시선만큼은 송현의 뒤통수에서 떠나지 않는다.

면박을 주지 못한 것은 아쉬운 일이었으나 모도환은 이내 그 아쉬움을 밀어냈다.

'어차피 오늘 이후 악양 바닥에서 사라질 놈이다.'

어차피 오늘 이후 송현이 악양에서 모습을 보일 일은 없었다.

그러니 조급해하지 않아도 된다.

그것이 모도환의 생각이었다.

'하, 생각보다 많이 미움 받고 있었구나.'

송현은 속으로 한숨을 내쉬었다.

등 뒤로 쏟아지는 시선과 오가는 이야기만으로도 악양루의 다른 악사들이 갖고 있는 적의가 얼마나 큰지 절로 느껴졌다.

누군가의 미움을 받는 일이 유쾌할 리 만무하다.

송현이 속으로 그렇게 쓴웃음을 베어 물 때다.

"내 놀랐네. 동호연에 앞에 서는 악사를 다시 볼 줄이야. 하물며 거문고를 쓰는 악사라지?"

도지휘첨사가 먼저 송현에게 말을 걸었다.

송현은 급히 고개를 숙이며 예를 취했다. 누가 무어라 해도 오늘 이 자리의 주인은 도지휘첨사다. 생각에 빠져 주인공이 누구인지 잊어서는 안 되는 일이다.

"예, 송현이라 합니다."

"송현? 아, 그래. 요즘 자주 듣는 이름이군. 자네가 그 소문의 주인공이었어. 비연악사라 불린다지?"

"과분한 호칭입니다."

송현의 겸양에 도지휘첨사는 웃음을 터뜨렸다.

도지휘첨사는 군부를 관리하는 지방관 중에서도 정삼품에 해당되는 고관이다. 그래서인지 쉰을 훌쩍 넘은 나이에도 불구하고 그의 웃음은 호탕하고 힘이 넘쳤다.

"하하하하! 그야 들어보면 알 일 아닌가. 자, 오늘 나를 위해 어떤 곡을 연주해 줄 것인가?"

도지휘첨사의 물음에 송현은 잠시 생각을 가다듬었다.

음악이라는 것이 가진 힘이란 듣는 이에게 가장 어울리는 곡을 연주하여야 배가 되는 법이다.

도지휘첨사는 무관이다.

짧게 나누어본 대화로 보면 그의 목소리는 호탕하고 힘이 있었다. 시원시원한 성격에 매우 정력적인 사람으로 보였다.

생각을 가다듬던 송현의 눈에 도지휘첨사의 손이 보였다.

손등에 상처가 가득하다. 살짝 드러난 소매 속에 감춰진 팔에도 크고 작은 상처가 자리 잡고 있다. 아마 옷에 가려져 보이지 않는 부분에도 상처가 자리 잡고 있을 가능성이 컸다.

송현의 머리가 번뜩였다.

'전쟁을 겪어보셨어.'

송현은 도지휘첨사에게 어울릴 만한 곡이 하나 떠올랐다.

"제가 연주해 드릴 곡은 불귀(不歸)입니다."

"흠! 두보께서 지으신 시가 말인가?"

"그렇습니다."

송현의 대답에 도지휘첨사의 얼굴이 굳었다.

한참이나 말없이 송현의 얼굴을 바라보던 도지휘첨사는 힘겹게 고개를 끄덕였다.

"어디 한번 해보게나."

"감사합니다."

꾸벅 고개를 숙여 보인 송현은 거문고를 품으로 끌어당겼다.

손은 현을 정리하고 장죽은 주음을 낼 준비를 마친다.

그러나 등 뒤에서는 아무런 기척도 느껴지지 않는다.

'결국 독주를 하라는 건가?'

송현의 마음속에 쓴웃음이 걸렸다.

곡의 이름을 이야기한 것은 악양루의 악사들이 곡을 따라오게 하기 위함이다.

그러나 등 뒤에서 아무런 기척도 느껴지지 않는 것을 보면 송현의 연주에 힘을 실어줄 마음이 없는 것이 확실했다.

송현은 이내 피식 웃었다.

'뭐, 그 또한 내 몫이겠지.'

뚱―!

묵직하게 현을 퉁긴다.

송현의 연주가 시작되었다.

*　　　*　　　*

뚱―!

송현이 첫 음을 만들어냈다.

"흡!"

모도환은 억지로 튀어나오려는 음성을 삼켰다.

모도환의 눈은 크게 떨리고 있었다.

송현의 연주에 화답할 생각은 처음부터 없었다. 오히려 송현의 연주가 깊어지면 이를 방해할 생각이었다.

이는 송현이 짐작한 것 이상의 대응이었고, 자칫 악양루에 해가 될 일이기도 했지만 모도환과 악양루의 악사들은 뜻을 함께하기로 했다.

처음 도지휘첨사에게 불귀를 연주하겠다고 했을 때 모도환의 생각은 더욱 확고해졌다.

불귀는 두보가 전쟁 중 타향에서 죽어간 이들을 노래한 곡이다.

무관에게, 그것도 전쟁을 경험한 도지휘첨사에게 어울리는 곡이라고 할 수 없었다. 애초에 송현에게 건네진 음보에 불귀의 음보가 있어서도 안 될 일이었다.

차라리 군대의 행진가였다면 모도환의 생각은 달라졌을 것이다.

그런데 정작 첫 음이 나오고 나서는 모도환은 온몸이 굳어버리는 것만 같았다.

'어찌 저런……!'

그러나 아무리 독심을 품었다고 해도 모도환도 귀가 있다. 그리고 또한 악사이다.

오히려 악사이기에 송현의 거문고가 만들어낸 한 음이 어떠한 것인지 잘 알고 있다.

'결코 내 아래가 아니다!'

단지 첫 음만으로도 알 수 있었다.

송현이 현재 올라 있는 경지는 결코 모도환의 아래가 아니었다. 그 묵직하고 풍부한 음색은 결코 아무나 만들어낼 수 있는 것이 아니었다.

둥—!

그사이 두 번째 음이 흘러나왔다.

송현이 만들어낸 두 번째 음은 첫 번째 음과 너무나 극명한 대비를 보여주고 있었다.

힘없다. 가늘다. 언제 끊어져도 모를 만큼 위태로운 음색이다.

그래서 더욱 처연하고 구슬프게 느껴진다.

모도환의 동공이 더욱 거칠어졌다.

불안하게 흔들리는 시선을 옆으로 돌렸다.

'착각이 아니었단 말인가!'

스물 남짓의 악사 모두 모도환가 크게 다를 바가 없었다. 악기를 잡은 손은 우물쭈물하며 어찌할 바를 몰라 하고 있다.

미리 약속했던 것과 같이 송현의 연주를 망치겠다는 생각은 감히 하지도 못하고 있는 모습이다.

그것은 모도환도 마찬가지다.

'이, 이걸 어찌······.'

망치기로 하였건만 망칠 수가 없다.

소문이 어떻게 났던 단 두 음만으로도 송현은 자신의 실력을 입증하고 있었다. 그것을 망친다는 것 또한 악사의 자존심이 허락할 수 없는 일이었다.

그렇게 모도환이 갈등하는 사이 송현의 연주는 계속되고 있었다.

첫 음을 제외하고는 줄곧 서글프고 처연한 연주다.

아무런 선입견 없이 감상하였다면 눈물을 자아낼 만큼 가슴 아픈 한탄곡이다.

그것은 모도환조차도 처음 마주한 완벽한 불귀의 연주였다.

모도환은 저도 모르게 도지휘첨사의 안색을 살폈다.

'피바람이 불겠구나!'

속으로 저도 모르게 안타까운 탄식이 흘러나왔다.

도지휘첨사의 얼굴이 붉게 달아올랐다. 굳게 말아 쥔 주먹이 들썩거리고 숨은 어깨가 들썩일 만큼 거칠어졌다.

두 눈에 담긴 감정은 분명 분노였다.

"이놈······!"

막 도지휘첨사의 입에서 불호령이 떨어지려 할 때였다.

둥! 둥! 둥! 둥!

돌연 송현이 거칠게 장죽을 움직인다. 현을 끊어낼 듯 뜯어내는 소리는 강렬하다.

진군을 알리는 전장의 북소리처럼 둔중하고 거칠게 울려 퍼진다.

그 속에 묘한 박자감이 있다.

그 박자감이 심장의 고동과 맞물려 묘한 흥분을 만들어낸다.

'이것은 대체 무슨 곡인가!'

모도환도 처음 들어보는 곡이다. 불귀를 노래할 때 쓰이는 곡과는 전혀 반대의 곡이니 모도환의 상식에서는 있을 수 없는 곡이 연주되고 있는 것이나 다를 바 없었다.

손이 떨린다.

마치 간질에 걸린 양 푸들거린다.

고개를 돌려보니 그것은 다른 악사들 또한 마찬가지다.

연주라 부르기도 부족한, 그저 투박한 박자만을 만들어내는 송현의 음악이 자꾸만 모도환을 괴롭히며 놓아주지 않았다.

무엇이라도 해야 할 것만 같은 기분.

할 수만 있다면 지금 당장 몸을 일으켜 어디로든 내달리고 싶은 기분이다.

그때였다.

거칠게 현을 뜯어내던 송현의 입이 열렸다.

河間猶戰伐(하간유전벌)
하간 땅은 여전히 전쟁 중이라.

송현의 열린 입으로 불귀의 첫 소절이 흘러나온다.

'아! 그래서……!'

모도환은 벼락이라도 맞은 듯 몸을 부르르르 떨었다.

애처로운 곡이다. 슬프고 가여운 곡이다. 그러나 송현이 만들어낸 거문고의 거친 음률은 그것을 바꾸어놓았다.

피 끓는 비장함이 애처로움을 대신했다.

눈앞에 그림이 그려진다.

사지임을 알면서도 굳게 입술을 다물고 나아가는 병사들의 결의로 가득한 얼굴이 두 눈 가득 그려졌다.

마음속에서 일어난 심상.

모도환은 송현이 왜 음보를 벗어나 전혀 새로운 투박한 음률을 뽑아내었는지 그제야 알 수 있었다.

송현이 표현하고자 한 것은 이것이리라.

汝骨在空城(여골재공성)
너의 뼈는 빈 성에 남아 있으리라.

송현의 두 번째 소절이 울려 퍼진다.

비장함은 더욱 짙어지고 피는 더욱 뜨겁게 끓어오른다.

마치 자신이 죽음을 향해 달려가는 병사 중 하나가 되어버린 듯한 착각이 일어났다.

그 착각은 결코 착각이 아니다.

모도환은 이미 죽음을 향해 달려가는 병사가 되어 있었다.

악기를 잡는다.

그것은 모도환의 무기다.

병사의 무기가 창칼이라면 악사의 무기는 악기였다.

'따라가지 못하면 어찌할꼬.'

끓어오르는 피의 열기를 이기지 못해 악기를 연주하려던 모도환은 순간 멈칫했다.

미리 약속한 음보를 연주하는 것이 아니다.

자칫 잘못하면 오히려 송현의 연주를 방해해 버릴지도 모른다는 불안감이 든다.

하지만 그것도 잠시다.

'따라가지 못하면 죽어야지.'

모도환은 피식 웃었다.

송현의 연주가 모도환이 잊고 있던 젊은 날의 열기를 일깨운 탓일까.

모도환은 무모할 정도로 간단히 결론을 내렸다.

하지만 그것은 결코 간단하지 않았다.

'어쭙잖은 재주에 취해 예인을 몰라보았으니 그의 연주를 망친다면 죽어도 무슨 할 말이 있을까!'

모도환은 이미 송현을 인정하고 있었다.

아니, 사실 송현이 첫 소절을 노래하는 그 순간부터 송현을 인정하고 있었다.

연주라 부르기도 민망한 투박한 송현의 연주.

그러나 그 연주가 오히려 모도환이 승복할 수밖에 없도록 만들어 버렸다.

'그렇지. 연주란 이런 것이지!'

모도환이 연주를 시작한다.

악양루 악사들의 대표 격인 모도환이 연주를 시작하자 하나둘 송현의 연주에 음을 더하기 시작했다.

미리 약속한 곡도 아니고 손을 맞추어본 것도 아니지만 악사들의 연주와 송현의 연주는 마치 한 몸처럼 자연스럽게 어울린다.

악양루의 악사들이 가진 실력이 뛰어나서임이 첫 번째 이유이고, 그런 악사들이 비장함을 품고 열정을 담아 연주함이 두 번째 이유이다.

송현의 연주에 스무 명의 악사가 더해졌지만, 여전히 불귀에 담긴 투박함은 사라지지 않았다.

아니, 오히려 더욱 투박하고 그만큼 강렬해져 갔다.

從弟人皆有(종제인개유)
終身恨不平(종신한부평)
數金憐俊邁(삭금련준매)
總角愛聰明(총각애총명)
面上三年土(면상삼년토)
春風草又生(춘풍초우생)

다른 사람에게는 다 있는 사촌 아우
평생토록 한스러움 진정되지 않으리라
돈을 헤아림에 뛰어난 재주 아깝고
총각의 머리에 총명함이 사랑스러웠다
네 얼굴 위의 삼 년 동안의 흙
봄바람에 풀이 또 돋아났으리라

송현의 노랫가락은 악양루 악사들의 연주 속에서 터져 나왔다.

*　　　*　　　*

노래가 끝난 이후 연주는 처음 음보에 적힌 그대로 흘러갔다.

음색이 여리고 가늘다.

힘없고 애처롭다.

그러나 함께 연주한 악양루의 악사 중 누구도 그것을 서글프고 안쓰럽다 여기는 이가 없었다.

중간에 바뀐 곡조 때문이다.

전장의 북소리처럼 일정한 박자감만을 가진 채 터져 나오던 그 강렬함이 그것을 바꾸어놓았기 때문이다.

안쓰럽기는커녕 오히려 강렬한 여운을 남긴다.

"하아! 하아!"

연주는 끝이 났지만 송현의 등 뒤 악사들의 입에서는 아직도 거친 숨이 새어 나오고 있었다.

아직도 그 여운이 남아 있는 것이다.

'다행이야.'

연주를 끝마친 송현의 입가에도 작은 미소가 번졌다.

교방에서는 즉흥 연주를 자주 하지 않는다. 오히려 악양의 거리에서 연주를 시작하면서부터 송현은 더 많은 즉흥 연주를 펼쳤다.

다행히 연주는 무사히 끝났다.

그리고 무엇보다 송현을 기쁘게 한 것은 악양루의 악사들이 함께 연주를 해주었다는 점이다.

장난스럽게 독주를 해야 할지도 모른다고 말했지만, 송현은 처음부터 독주를 할 생각이 없었다.

그래서 음보를 벗어났다.

그리고 그 음보를 벗어난 파격에 저들이 송현을 인정했다.

'저분들도 악사셨어.'

악사이기에, 예인이기에 강한 자존심으로 살아간다.

그 자존심 때문에 송현을 배척했지만, 동시에 그 자존심 때문에 송현을 인정한 것이다.

한 집단의 일원으로 인정받는다는 것은 언제나 기분 좋은 일이다.

작게 미소를 짓던 송현은 고개를 들어 도지휘첨사의 안색을 살폈다.

연주가 무사히 끝났으니 이제 오늘 연회의 주인공인 도지휘첨사의 반응을 살펴야 할 때다.

도지휘첨사의 얼굴은 붉게 달아올라 있었다. 말아 쥔 주먹은 잘게 떨리고 입은 굳게 닫혀 있다.

도지휘첨사가 과연 연주를 어떻게 받아들였는지는 드러난 그의 모습만으로는 짐작키 어려웠다.

"……."

어색한 침묵이 흘렀다.

저벅저벅.

그렇게 얼마나 지났을까.

몸을 떨며 가만히 서 있던 도지휘첨사가 걸음을 옮겨 누의 난간으로 향했다. 송현과 악양루의 악사들은 도지휘첨사의 등을 볼 수밖에 없는 구조다.

이제는 표정마저도 확인키 어려웠다.

꿀꺽.

송현의 등 뒤에서 누군가가 삼키는 마른침 소리가 들려왔다.

그들 또한 긴장된 것이다.

분위기에 취해 송현의 연주에 합을 맞추었지만 불귀라는 곡은 관인에게, 그것도 무관에게 연주하기에는 너무나 위험한 곡이다.

그때였다.

"호호호호."

돌연 낮은 웃음소리가 흘러나온다.

송현의 웃음은 아니었다. 등 뒤의 악사들의 웃음도 아니었다.

도지휘첨사의 웃음소리다.

호탕하기만 하던 전의 웃음소리와 달리 지금의 웃음소리는 마치 폐부에서 힘없이 새어 나오는 웃음소리 같다.

한데 이상하게도 그 웃음소리에 후끈한 열기가 담겨 있다.

"잘도 본관을 앞에 두고 그런 곡을 연주했군그래."

도지휘첨사가 송현과 악사들을 향해 몸을 돌렸다.

그의 말과 달리 그는 웃고 있었다.

그는 말했다.

"잘 들었네. 고마워."

그의 목소리도, 그의 표정도 그것이 거짓이나 다른 뜻을 가지지 않았음을 보여주고 있었다.

"죽어간 전우들을 보았네. 사라진 적군도 보았어. 그곳에 본관이 있었어. 그때 본관은 정말 뜨거웠더군. 고맙네. 다시 젊어진 것 같아."

웃음이 짙어진다.

그러나 그 웃음에 걸린 감정은 너무나 복잡하다.

아쉬움도 있고 후회도 있다. 하지만 그는 분명 즐거워하고 있었다.

웃음 짓는 도지휘첨사의 눈가가 반짝거렸다.

"악양루에서 귀한 악사를 구했군그래."

도지휘첨사가 고개를 끄덕인다.

그렇게 송현이 중심이 된 첫 연주가 끝이 났다. 그날 도지휘첨사는 달이 저물고 해가 떠오를 때까지 술을 마셨다.

젊은 시절로 되돌아간 듯했다.

작은 술잔을 버리고 술동이로 갈증을 채웠다. 예의와 규율을 잠시 벗어던지고 악사들과 함께 술을 나눴다.

크게 웃고, 크게 몸짓하고, 크게 소리쳤다.

송현은 그날 도지휘첨사가 권하는 술을 마다하지 못하다 끝내 술에 취해 다른 악사의 등을 빌리고서야 집으로 돌아갈 수 있었다.

그날 송현을 업어준 이가 모도환이란 사실은 다음 날이 되어서야 알 수 있었다.

*　　　*　　　*

송현은 다음 날에도 전날의 과음 후유증으로 앓아누워 있어야 했다.

처음 마셔보는 술은 아니었지만 잔을 버리고 술동이로 술을 마셔본 것은 그날이 처음이다.

그사이 악양은 악양루의 동호연에 대한 이야기로 뜨겁게 달아올라 있었다.

창을 닫지 않았기 때문이다.

악양루는 동호연에 초대된 손님이 먼저 청하지 않는 한 창을 활짝 열어둔다.

그로써 다른 이들도 동호연의 연주를 들을 수 있게끔 하려는 의도이다. 그리고 그 공을 손님께 돌림으로써 동호연의 주인이 음악을 베푼 것으로 명분을 얻는 것이다.

때문에 그날 악양루를 찾은 다른 손님들과 악양루를 지나는 다른 행인들도 송현의 연주를 들었다.

그 여파가 적지 않아서 사연 있는 이는 눈물을 흘리고, 호기 있는 이들은 그 끓어오르는 피를 주체하지 못했다. 그 탓에 애꿎은 싸움이 번지기도 했지만 다행히 별다른 인명 피해는 발생하지 않았다.

대신 그날의 연주가 입에 오르내렸다.

하지만 정작 그 일을 벌인 당사자인 송현은 술병으로 앓아누워 그만 모르는 일이 되었다.

─좋은 곡이었네. 그런데 자네 주위에 맴도는 그 선천진기(先天眞氣)는 대체 무엇인가?

송현이 기억하는 것은 술자리에서 건넨 도지휘첨사의 물음이다.

그때는 술에 취해 정신이 없어 깊게 생각하지 않았지만 눈을 뜨고 나니 도지휘첨사의 말이 의미심장하게 다가왔다.

'선천진기?'

살아 있는 모든 생물이 태어나면서부터 가지게 되는 기운이다.

그것은 책에서 보아 알고 있었다.

그러나 책에서 본 그것은 인간이 인의로 조절할 수 있는 기운이 아니라 했다. 당연히 도지휘첨사의 말처럼 주위를 맴돌지도 않는다고 알고 있다.

'대체 무슨 뜻일까?'

송현의 고민이 깊어져 갈 때쯤이다.

문밖에서 들려온 상아의 목소리가 송현의 정신을 일깨웠다.

"아저씨, 괜찮아요? 엄마가 이거 갖다드리래요."

송현의 허락도 없이 벌컥 문을 열고 들어온 상아의 손에는 작은 그릇이 들려 있었다.

"꿀물이래요. 엄마가 귀한 거니까 저 먹지 말고 아저씨 갖다 드리래요."

몰래 꿀물을 맛보려다 혼쭐이라도 났는지 상아는 삐죽 입술을 내밀어 불편한 심기를 드러냈다.

송현은 속이 불편한 와중에도 그 모습에 웃어버리고 말았다.

"그래, 고마워."

안 넘어가는 꿀물을 억지로라도 몇 모금 삼켰다. 그러나 이내 불쑥 치밀어오는 욕지기에 끝내 다 먹지 못하고 상아에게 내밀었다.

"나머지는 상아가 먹어야겠는데?"

"음! 엄마가 아저씨 주라고 했지만, 아저씨가 저를 주셨으니까 괜찮을 거예요."

딴에는 고민하는 척했지만 그릇을 받아드는 상아의 손놀림이 빠르다.

내심 기대하고 있던 것이 분명했다.

꿀꺽꿀꺽 잘도 삼킨다.

"캬! 달다! 아저씨는 무슨 술을 그렇게 마셔요!"

잘도 꿀물을 맛보던 상아가 꿀물을 다 마셨는지 허리에 손을 올리고 송현을 향해 눈을 흘긴다.

"좀 빠져나오기 힘든 상황이라서……."

"흥! 그래도 눈치껏 요령이라도 부리서야죠! 하여간 아저 씨는 저 없으면 안 된다니까요! 어젠 얼마나 걱정했는지 알아 요?"

송현의 변명에도 아랑곳하지 않고 타박을 놓는 상아의 모 습이 꼭 바가지를 긁는 듯하다.

송현은 그 모습에 자꾸만 저도 모르게 웃음이 났다.

그렇게 얼마나 잔소리를 들었을까.

문밖에서 들려오는 오 부인의 목소리가 송현을 곤경에서 구해주었다.

"은공, 소, 손님이 찾아왔습니다."

조금은 당황한 목소리.

한참 기세 좋게 잔소리를 늘어놓던 상아가 토끼눈을 하고 송현을 바라봤다.

"어디 돈 빌리신 데 있어요?"

어린 나이에 빚쟁이에 시달려서인지 누가 찾아왔다고 하 면 빚쟁이가 아닌지부터 걱정하는 상아이다.

"아니. 그런 일은 없는데?"

송현은 그런 상아가 귀여운지 씩 웃으며 머리를 쓰다듬어 준 후 자리에서 일어났다.

잔소리를 듣는 동안 우습게도 내내 불편하던 속이 조금 편안해졌다.

송현은 방문을 열었다.

"속은 괜찮으십니까, 송 악사님?"

방문을 연 송현의 귓가로 아직은 낯선 목소리가 들려왔다.

마당에 당황한 채 서 있는 오 부인의 뒤로 제법 많은 사람들이 있었다.

족히 스물은 될 듯하다.

그중에서도 가장 선두에선 이는 꽤나 나이가 있는 노악사였다.

'아, 어제······!'

송현은 그제야 그들이 이미 어제 본 이들임을 깨달았다.

어제 동호연에서 함께 합을 맞춘 악양루의 악사들이다. 그리고 선두에 선 이는 새벽에 송현을 업어준 모도환이었다.

"어제는 미처 소개를 드리지 못했습니다. 악양루의 악사 모도환이라고 합니다. 속은 괜찮으신지요?"

많은 나이에도 불구하고 송현을 대하는 모도환의 태도는 극진했다.

그러니 오히려 당황스러운 것은 송현이다.

"예? 예, 덕분에······."

"어? 어제 아저씨 업고 온 할아버지다!"

그때 상아가 모도환을 기억해 내고 말했다.

송현은 그제야 자신을 업어준 이가 모도환임을 깨닫고 급히 허리를 숙였다.

"어제는 실례가 많았습니다."

"실례라니요! 아닙니다!"

그런 송현의 인사에 모도환이 급히 손을 내젓는다.

"실은 저희가 이리 찾아 뵌 것은……."

모도환은 잠시 말을 망설였다.

그러다 이내 눈을 질끈 감는다.

"용서해 주십시오!"

모도환이 갑자기 허리를 숙였다.

"용서해 주십시오!"

그 뒤를 이어 다른 악사들도 약속이라도 한 듯 허리를 깊게 숙인다.

"왜, 왜 이러십니까!"

당황스러운 일이다.

어찌할 바를 모르는 송현을 앞에 두고 모도환이 자신의 잘못을 빌었다.

"소문만 믿었습니다. 그 진위조차 확인해 보지 않고 그저 그것이 사실일 것이라 지레짐작하였지요. 해서 송 악사를 업신여기고 무시하였습니다. 어쩌면 질투였는지도 모르겠습니다."

음악으로 장사를 한다.

예인이 아닌 장사꾼에 불과하다.

송현에 대한 소문. 모도환은 그 소문을 믿었다. 그래서 송현의 연주조차 듣지 않고 그를 폄하하고 비하했다.

송현이 무슨 이유로 그토록 많은 연주를 하였는지 알게 된 것은 불과 오늘 아침의 일이다.

조금만 관심을 가졌다면, 진실을 알고자 노력했다면 충분히 알 수 있을 것을 모도환과 악양루의 다른 악사들은 그러지 않았다.

지금에 와서 생각해 보면 어리석은 일이다. 어쩌면 마음 한편에는 그토록 어린 나이에 세간의 주목을 받기 시작한 송현의 음악을 질투하고 있었는지도 모른다.

그래서 더욱 부끄럽다.

"괜찮습니다. 누구나 그럴 수 있는 일이었는걸요."

송현은 모도환을 바로 세우려 했다.

하지만 허리를 굽힌 모도환은 요지부동이다.

"알량한 재주로 방자하게 군다고 여겼습니다. 하나 그것이 아닙니다. 알량한 재주로 방자하게 군 것은 송 악사가 아닌 저희들이었으니까요. 연주를 망치려 했습니다. 알량한 재주에 취해 음악이 무엇인지 잊고 말았습니다."

송현의 연주를 망치려 했다.

하지만 송현의 연주를 듣고 나서야 모도환은 자신이 얼마나 편협한 인간인지를 깨달았다.

송현은 연주를 하고 있었다. 하지만 모도환은 기만을 계획

하고 있었다. 송현은 연주로 마음을 움직였고, 모도환은 독심으로 연주를 망치려 했다.

송현이 돈벌이에 정신이 팔려 연주에 최선을 다하지 않는다는 이유로.

예인의 자존심을 이유로.

그러나 정작 모도환에게 그 자존심은 허락되지 않았다.

송현은 자신의 연주에 최선을 다했다. 그러나 모도환은 최선을 다하기는커녕 그를 망쳐 버릴 생각만 하고 있었다.

지금 모도환을 가장 괴롭게 하는 것이 그것이다.

그래서 손자뻘에 불과한 송현에게 허리를 숙이고, 고개를 조아리는 것이다.

"죄송합니다."

거듭 고개를 조아린다.

"괜찮아요."

그 진심이 닿았음일까.

당황하던 송현의 얼굴에 웃음이 번졌다.

가만히 모도환의 손을 맞잡았다.

"악사님들은 연주를 망치지 않으셨어요. 연주를 함께 해주셨지요. 악사님들은 결국 악사이셨습니다."

악심을 가지고 시작한 연주였다. 그러나 그들은 끝내 그 악심을 연주에 담지 않았다.

그저 순수하게 연주를 함께했을 뿐이다.

그것이면 되었다.

"그러니까 괜찮아요."

송현은 자신 앞에 허리 숙인 악사들을 향해 마주 허리를 숙여 보였다.

"예인으로 있어 주셔서 감사합니다."

송현은 그들이 예인이었음을 감사하다 했다.

*　　　*　　　*

그날 이후 송현을 대하는 악사들의 태도가 바뀌었다. 악양루의 명성도 날로 높아졌다.

갈수록 동호연에 참석하길 희망하는 인근의 권문세족과 유지들 또한 많아졌다. 이제는 그들을 다 받을 수 없어 미리 예약까지 해야 할 지경이었다.

그리고 송현은 틈틈이 악양루에 들러 다른 악사들과 교류했다. 음악에 대한 생각을 나누고, 음악에 대한 지식을 나누었다.

가끔 송현을 따라 악양루를 방문하던 상아는 이제는 재미가 들렸는지 악양루의 악사들과 서슴없이 지내며 서툴게나마 악기를 배우기 시작했다.

"예상하셨습니까?"

송현이 악양루에 초빙된 지 두 달이 지났을 때쯤 오지겸이

장서희에게 물었다.

송현이 악양루에 소속되면서부터 크고 작은 변화가 일어났다. 모두 좋은 쪽으로 일어난 변화다.

악사들의 실력은 알게 모르게 성장했고, 악양루의 명성은 날로 높아져만 간다.

장서희가 이 모든 일을 예상하고 송현을 들인 것이라면 정말 놀라운 일이 아닐 수 없었다.

오지겸의 물음에 장서희는 웃음을 지었다.

"마노와 함께 북촌에 간 일이 있었어요. 북촌이 변했더군요. 거기에 송 악사께서 계셨지요. 저는 그때 송 악사님이 저희 악양루에 마지막 남은 기회일지도 모른다고 생각했으니까요."

기실 악양루의 명성은 날로 추락해 가고 있었다.

이초가 떠난 지 십여 년이다.

수석악사의 자리는 공석이고, 악사들의 구심점이 되어줄 이는 더 이상 나타나지 않았다.

음악이 평이해졌다.

귀 있는 권문세족과 유지들의 입에서는 악양루가 예전 같지 않다는 이야기가 흘러나오기 시작했다.

생각해 보면 이초가 없는 십여 년 동안 이렇게라도 버텨온 것이 기적에 가까웠다.

그러던 차에 송현을 보았다. 그리고 송현을 중심으로 변화하기 시작한 북촌의 모습을 보았다.

장서희는 그런 송현을 영입함으로써 떨어져 가던 악양루의 명성을 되찾았다.

믿음이 틀리지 않았다.

그건 즐거운 일이다.

"그래도 저도 놀랐어요. 이렇게 빨리 성과를 보이리라고는 기대하지 않았으니까요. 송 악사님이 생각보다 더 잘해주셨어요."

악양루에서 나고 악양루에서 자란 장서희다.

그러다 보니 예인들이 가지는 자존심이 얼마나 강한지도 알고 있다.

시일이 걸릴 것이라 생각했다. 그 과정 중에 시행착오와 그로 인한 손해도 각오했던 일이다.

그런데 송현은 불과 단 한 번의 연주로 악양루의 모든 악사들에게 인정받았다.

각오했던 시행착오와 손해는 생기지도 않았다.

"어쩌면 오랫동안 비워두었던 수석악사 자리도 곧 채워지겠네요."

만약 그렇게 된다면 악양루의 새로운 수석악사는 송현이 될 것이다.

장서희는 그렇게 믿었다.

제8장

기일(忌日)

눈이 내린다. 차가운 한기가 엄습한다.

끝 모를 허기가 안에서부터 집요하게 괴롭히기 시작한다.

무섭다. 두렵다.

이유를 알 수 없는 공포와 불안이 큰 파도처럼 덮쳐온다.

그러나 걱정하지 않았다.

음악이 들리기 때문이다.

익숙한 거문고 소리는 언제나 따스하고 포근하다. 세상의 어떤 한기도 침습하지 못할 만큼 그것은 단단히 주위를 감싸고 있다. 괴롭게 치고 오르던 허기도 어느새 잊혀졌다.

시간도 공간도 사라진다.

노래는 어느새 자장가처럼 다가와 포근히 몸을 감싸 안는
다.

그 아늑함에 마치 어미의 품에 안긴 아이가 되어버린 기분
이다.

그렇게 아늑함에 몸을 내맡긴다.

조금만 더 이 음악을 듣고 싶다. 조금만 더 이 아늑함 속에
쉬고 싶다.

어느새 간절한 바람이 생긴다.

그러나 그것은 언제나와 같이 도중에 끝이 나버린다.

덜컥!

세찬 바람이 들이닥친다.

음악은 사라졌다.

"헉!"

송현은 놀라 급히 자리에서 일어났다.

잠에서 다 깨지 못했음에도 습관적으로 주위를 살핀다.

텅 빈 방 안.

상아의 집은 오랫동안 손을 보지 않았다. 가장인 남치국이
병환으로 누워 있으니 집을 손볼 사람이 있을 리 만무했다.
그래서 그런지 어디선가 외풍이 들어온다.

잠들기 전과 전혀 달라지지 않은 주위의 모습에 송현은 한
숨을 내쉬었다.

"또 그 꿈이네."

어렸을 때부터 꾸던 꿈이다. 어린 날 송현은 꿈속의 음악이 끝나는 것이 너무나 무서워 엉엉 울었었다.

이장명은 그런 송현을 보고 마음속에 심마가 숨이 있다고 했다.

그러나 송현은 매일 밤 잠 들기 전 그 꿈을 꾸길 기도했다. 그 꿈속의 음악을 다시금 듣고 싶어서였지만, 시간이 지날수록 꿈속의 연주가 찾아드는 주기는 점점 더 멀어져 갔다.

오늘의 이 꿈도 지난 동호연의 중심에 섰을 때 이후 처음으로 찾아온 것이다.

그래서 더욱 반갑고 더욱 아쉽다.

"이렇게였나?"

아쉬운 마음에 허공에 손을 움직여 꿈속에서 들었던 음악을 좇으려 하지만, 도대체 기억이 나질 않는다.

단지 기억나는 것은 그 따스한 기분뿐이다.

몇 번 허공에 손을 휘저어보던 송현은 이내 포기하고 침상에 누웠다.

오랜만에 찾아온 그리운 꿈에 송현은 좀처럼 쉽게 잠들지 못하고 한참을 설치고서야 다시 잠이 들었다.

툭, 툭, 툭.

깊게 잠에 든 송현.

송현의 손가락이 바짓단을 무의식적으로 두드리고 있었다.

                    *   *   *

  시간은 유수와 같이 흘러간다.

  송현이 악양루에 든 지도 몇 달이 흘렀다. 봄이던 계절은
어느새 여름에 닿아 있었다.

  동정호를 끼고 있는 악양의 여름은 숨 막힐 듯한 더위를 선
사했다. 거리에는 몇몇 사내가 웃통을 벗어젖히고 거리를 활
보한다.

  그동안 송현에게도 적지 않은 변화가 있었다.

  이제 더 이상 송현이 홀로 동호연의 중심을 맡지 않는다.
송현이 새로운 수석악사의 자리에 오를 것이라는 장서희의
기대와 달리 송현은 자신에게 주어진 기회를 나누었다.

  아직은 여전히 송현이 주로 동호연의 중심을 맡고 있었지
만 이따금씩 다른 악사들을 동호연의 중심으로 새울 준비를
함께했고, 또 이미 몇몇 악사가 동호연의 중심에 서서 연주를
이끌기도 했다.

  송현은 주연이 아닌 조연의 자리로 물러섬에 아무런 거리
낌도 없었다.

  그러나 단 하나,

  송현에게 말 못할 갈증이 있었다.

  그것은 이미 송현을 궁에서 떠나게 만든 심마였다.

어느 음악도 자신의 것이 아닌 듯한 느낌.

악사들과의 교류로 잠시나마 희미해졌던 그것이 다시 마음속 깊은 곳에서 서서히 부상하고 있었다.

그러나 송현은 그것을 해결할 길이 없음을 알기에 그저 내색치 않고 속으로 삼키며 남몰래 그 해답을 찾으려 노력할 뿐이다.

그렇게 팔월의 보름에 접어든 날이었다.

그날은 송현이 동호연의 중심에 서기로 되어 있는 날이기도 했다.

동호연의 준비를 마친 송현과 악사들은 이미 삼 층에 올라 자리를 갖추고 있었다.

덜컥!

문이 열리고 서른 줄에 접어든 두 사람이 들어왔다.

그 두 사람이 오늘 동호연의 주인이었다.

"자자, 이리 들어오게."

선두에 선 문사 차림의 사내가 사람 좋은 웃음을 지으며 일행을 잡아당긴다.

뒤에선 사내는 무엇이 그리 마땅치 않은지 잔뜩 찌푸린 얼굴로 앞선 사내의 손에 이끌려 방 안으로 들어왔다.

"여자는? 여자는 없는 건가?"

"주찬 이 친구야, 세상에 누가 악양루에서 여인을 찾는단 말인가?"

"응? 여인도 없나? 여인도 없는데 무슨 맛으로 술을 마셔? 종국아, 이 형님이 그리 가르쳤느냐!"

여인이 없다는 사실을 안 주찬이라는 사내는 불만을 토해 냈다.

앞서 주찬을 이끈 종국이라는 사내는 그런 친구의 말에 피식 웃음을 흘렸다.

"이 친구야, 그래 가지고 어디 가서 무림맹 무사라고 말하고 다니지 말게. 내가 이 자리를 준비하려고 얼마나 공을 들였는지 아나?"

"공은 무슨, 여인도 없이 기껏 음악 따위나 듣는 자린데."

종국은 고개를 절레절레 저었다.

주찬은 종국과 함께 어린 시절을 보낸 지기다. 어려서부터 자질이 남다른데다가 의협심이 넘쳐 젊은 나이에 주찬이 무림맹에 소속되어 한동안 얼굴도 보지 못하고 지내다가 이번에야 겨우 짬을 내어 오랜만에 만날 수 있었다.

그날을 손꼽아 기다리며 동호연을 신청했다.

그런데 정작 주찬은 여인이 없다고 툴툴거리고 있으니 웃음만 나온다.

"자네 어렸을 때는 안 그러더니 참 많이 변했군그래. 그러지 말고 힘들게 준비한 자리이니 좀 참아줘."

그러면서도 툴툴대는 주찬을 달랜다.

"쩝! 자네 때문에 귀한 휴가를 이리 날려먹는구만. 뭐, 어쩌겠나. 물주가 하자는 대로 해야지."

주찬도 더 이상 친구에게 싫은 소리를 할 수 없었는지 이내
고개를 끄덕이며 자리를 잡고 앉았다.

덜컥.

주찬이 허리춤에 매어놓은 검을 내려놓자 둔탁한 소리가
났다.

'무림인이구나.'

송현은 두 사람의 대화를 듣고 주찬이라는 사내가 무림인
이라는 것을 알 수 있었다.

신기한 기분이다.

궁에서 지낼 때에는 무림인에 대해서는 풍문으로만 들었
다. 한 자루 칼에 기대 야인같이 살아가는 사람들이라 사납고
살기 넘치는 무서운 이들이라 생각했다.

그 후 세상에 나오면서 몇몇 무림인을 본 일이 있다. 그러
나 그것은 그냥 스쳐 지나가거나 먼발치에서 본 것들이라 별
다른 감흥은 생기지 않았다.

그런데 이번에 진짜 무림인과 같은 방에 마주하게 되었다.

가까이서 본 주찬은 송현이 가진 편견과 달리 서른 줄에 든
나이에도 상처 하나 없는 곱상한 외모에 살기를 풀풀 풍기지
도 않았다.

그러나 어디까지나 주찬은 송현의 연주를 듣기 위해 온 손
님이다.

언제까지 우리 안의 원숭이를 보듯 주찬을 구경할 수는 없었다.

"흠흠! 시작하겠습니다."

송현이 연주를 시작했다.

*　　　　*　　　　*

송현이 연주를 시작한 그 시각.

이초는 위가헌의 진맥을 받기 위해 위가의방에 방문해 있었다.

"되었습니다."

위가헌이 진맥을 마치고 말하자 이초는 옷매무새를 가다듬었다. 잠시 진맥을 위해 벗었던 윗옷을 걸쳐 입는 이초의 아랫배 어림에 무언가가 반짝였지만 이내 옷으로 가려져 버렸다.

"토혈을 다시 시작하셨지요?"

위가헌이 물었다.

"그렇다네."

이초가 대수롭지 않게 대답했다.

그 대답에 위가헌의 입에서 깊은 한숨이 새어 나온다.

"후! 무리하지 말라 하지 않습니까!"

몸 상태가 나빠졌다. 심지어 멈췄던 토혈이 다시 시작되었다고 한다.

의원인 위가헌의 입장에서 보자면 속이 터지는 일이다.

"약을 거르셨습니까?"

"몇 번 깜빡하기는 했지."

"휴식은요?"

"한창 바쁠 때지 않나."

이초의 태평한 대답이 계속될수록 위자건의 이마에 파이는 주름은 점점 더 깊어져만 갔다.

"많이 안 좋나?"

"많이 수준이 아닙니다. 기운은 다 빠져나가고 남은 기운마저 멋대로 꼬여 어찌 풀어낼지 엄두도 나지 않습니다. 이대로 계속 악화되면 정말 죽습니다, 죽어요!"

답답한 마음에 위자건의 목소리는 절로 높아졌다.

그만큼이나 이초의 몸 상태는 최악이었다. 위자건의 말처럼 이렇게 악화가 계속된다면 그때는 어떤 치료도 다 소용 없는 일이 되어버리고 말 것이다.

이초는 웃었다.

"오늘이 팔월 보름일세."

"…감안하여도 나쁜 편입니다."

그 말에 위자건이 힘겹게 답했다.

팔월 보름. 오늘이 이초에게 어떤 의미인지 위자건도 잘 알고 있었다. 지난 십여 년간 이맘때쯤이 되면 이초의 몸 상태는 늘 최악이었으니까.

하나 오늘은 그것을 감안한다 하여도 최악이다.

그 말에 이초의 웃음이 더욱 짙어졌다.

"하면 단전 뚫린 늙은이가 멀쩡할 줄 알았는가? 여직 죽지
않은 것만으로도 천운이라 여기며 살아가야지 어쩌겠나."

"약을… 지어드리겠습니다."

결국 위자건은 백기를 내들 수밖에 없었다.

이초의 말대로 이초는 단전이 뚫려 있었다. 기해혈이 뚫린
이초의 몸은 필연적으로 약해져 갈 수밖에 없다. 지금껏 거동
을 할 수 있는 것도 침묵명의라 불리는 위자건의 치료가 있었
기에 가능한 일이다.

그러나 그것이 만능이 아님을 위자건도 알고 있었다.

그런 위자건의 모습에 이초는 그저 태평한 웃음을 지었다.

그때였다.

어디선가 아득하게 음악 소리가 들려왔다.

"호! 악양루에 이런 연주를 하는 이가 있던가?"

거리상으로 위가의방과 악양루의 거리는 그리 멀지 않았
다. 때문에 때때로 악양루의 연주가 위가의방에 전해지는 일
도 간혹 생긴다.

오늘도 그런 듯했다.

"무엇이 또 말입니까."

"이 연주 말일세. 대단해. 대체 누가 있어 악양루에서 이런

연주가 가능한 것인지……."

"아! 이것 말입니까?"

이초가 음악에 관심을 보이자 위자건이 웃으며 설명했다.

"거문고 소리입니다. 비연악사가 연주하는 것이지요."

"비연악사?"

"왜 저번에 말씀드리지 않았습니까. 비연악사 송현이라고, 대인께서 음악으로 돈벌이나 하는 놈이라 했던……."

"그놈이 악양루에는 왜?"

이초가 이해하기 힘들다는 듯 소리쳤다.

악양루에서 수석악사를 지낸 이초다. 악양루와의 인연이 얕을 수 없다. 하물며 악양루에 대한 나름의 자부심도 있었다.

악양루는 진정한 예인들이 있는 곳이다.

그런 악양루에 송현이 있다는 것이 이초는 좀처럼 납득할 수가 없었다.

"그래도 덕분에 요즘 악양루의 명성이 날로 높아지고 있습니다. 호광지역의 난다 긴다 하는 유생들은 모두 저 비연악사의 연주를 듣기 위해 악양루로 몰리고 있지요. 인근의 권문세족들 사이에서는 비연악사의 연주를 듣지 못하고는 대화에 끼지도 못한다고 합니다."

"끙……."

이초의 입에서 신음성이 흘러나왔다.

마음에 들지 않는 것이다. 음악으로 돈벌이나 하던 송현이 악양루에서 연주를 한다는 것도 마음에 들지 않았고, 그런 송현의 연주에 사람들이 관심을 가진다는 것도 마음에 들지 않았다.

"전에는 돈을 탐하더니 이젠 명성을 탐하는 놈이구나."

이초는 송현을 그렇게 평가했다.

송현이 거리의 연주로 돈을 벌었으니 이제 악양루에서의 연주로 명성을 탐한다고 여긴 것이다. 그런 이초의 평가는 어디에도 송현을 예인으로서 인정하는 모습이 없었다.

위자건이 웃었다.

"그리 박하게만 볼 일이 아닙니다."

"그럼 어떻게 보란 말인가? 그놈 하는 짓이 꼭 이따위지 않는가!"

위자건은 고개를 저으며 송현에 대한 평가를 돌려놓았다.

"좋은 악사입니다."

"좋은 악사?"

"제가 북촌에 왕진을 다닌다는 것은 아시지요?"

"그래. 전에 그런다고 했지."

위자건의 물음에 이초는 기억을 더듬으며 고개를 끄덕였다.

빈민가인 북촌에 위자건의 치료를 받는 이가 있다고 들었다. 의외로 약값은 제때 낸다 하여 의아해하기도 했던 기억이 확실히 있다.

"그 치료비를 대준 사람이 비연악사입니다."

"그놈이?"

"예, 인연이 닿아 그 집에 머문다고 하더군요. 허허! 어디 그뿐인 줄 아십니까? 요즘 북촌이 얼마나 달라졌는지는 또 아시는지요?"

"북촌이 달라지다니? 그건 또 무슨 소린가?"

"사람 사는 동네가 되었습니다. 아이들의 웃음소리가 끊이지 않고 주민들의 얼굴에 생기가 돌기 시작했지요. 이제는 매일 아침마다 찾아드는 이들로 북촌 사당나무 공터는 만원이라고 합니다."

"생기? 사람들이 찾아? 대관절 무슨 이유로?"

이초는 고개를 갸웃거렸다.

이초가 기억하는 북촌은 늘 어둡고 적막한 곳이다. 사람들은 삶의 피로에 찌든 얼굴로 돌아다니고, 아이들마저 가난에 위축되어 좀처럼 웃는 일이 없는 동네다.

빈민가이니 사람들이 부러 찾아드는 곳도 아니다.

"매일 아침마다 그곳에서 비연악사의 연주가 시작된다고 합니다. 그 연주를 듣기 위해 사람들이 찾아들기 시작했고, 시간이 지나면서 주민들의 얼굴에도 변화가 있었지요. 소문으로는 비연악사가 벌어들이는 수익의 대부분이 북촌의 주민들을 돕는 데 쓰인다고 하더군요."

"허!"

이초의 입에서 헛웃음이 터져 나왔다.

전혀 생각지도 않은 일이다. 돈을 탐한다고, 명성을 탐한다고 욕했다.

그런데 이제야 들은 사실은 그와는 전혀 반대되는 이야기다.

탐한다 여긴 돈으로는 사람들을 돕고, 음으로는 사람을 바꾸어 종내에는 북촌까지 바꾸어놓았다고 한다.

이초조차 생각지 못했던 일이다. 아니, 악양의 어느 악사도 생각해 본 적 없는 일이다. 실제로 그렇게 하라고 그 길을 일러주어도 그것을 해낼 수 있는 악사는 또 없을 것이다.

이초의 입가가 비틀려 올라갔다.

"그놈. 제법이군그래."

이초는 송현을 다시 보았다.

송현에 대한 판단이 바뀌니 지금 들려오는 음악 소리도 또 새롭게 들린다.

*　　　*　　　*

절정으로 치고 올라갔던 음률이 완만히 내려오면서 끝이 난다.

긴 여운을 남긴다.

동호연의 연주가 끝이 났다.

"허허허! 어떤가, 이 친구야? 이래도 술맛이 안 나는가?"

종국은 득의양양해서 소리쳤다.

송현의 연주는 결코 명성에 부족함이 없었다. 연주가 시작된 순간부터 빨려들어 가듯 송현의 연주 소리에 몰입했다가 연주가 끝이 나서야 정신을 차릴 수가 있었다.

아직도 심중에 남아 있는 깊은 여운은 묘한 쾌감을 선사했다.

"큼! 큼! 그… 뭐… 제법 하는군."

여인이 없다고 투덜대던 주찬도 멋쩍게 고개를 끄덕일 수밖에 없었다.

기실 주찬은 음악을 그리 좋아하지 않는다. 술처럼 마시고 취해 모든 것을 잊을 수 있는 것도 아니고, 여인처럼 부드럽게 품을 수 있는 것도 아니니 음악을 좋아할 이유가 없었던 것이다.

그런 주찬도 오늘의 연주만큼은 인정할 수밖에 없었다.

여운이 남기는 주찬 또한 마찬가지인 것이다.

"자, 잘 들었소."

주찬은 어색한 표정으로 송현과 악사들을 향해 고개를 숙여 보였다.

그리고도 못내 마음에 걸리는지 이야기한다.

"내 아까 했던 말은 너무 마음에 두지 마시오. 음악이랑은

담을 쌓고 살아온 놈이라 실수한 것이오."

여인이 없다고 툴툴대던 것이 마음에 걸린 것이다.

주찬의 사과에 송현이 웃으며 답했다.

오늘 동호연의 중심에 선 이가 송현이니 악사들을 대표하는 것도 송현이 된 셈이다.

"괜찮습니다. 오히려 좋게 들어주셔서 감사할 뿐입니다."

송현의 인사에 주찬은 그제야 마음을 놓았다.

그리고 이번엔 주찬이 먼저 음악을 청했다.

"한 곡 더 들을 수 있겠소?"

송현이 웃으며 답했다.

"얼마든지요."

그렇게 다시 연주가 시작되었다. 이후로도 송현은 몇 번이나 새로운 곡을 연주하고서야 동호연이 끝이 났다.

"내 이름은 송주찬이요. 내 다음에도 다시 찾아오겠소."

주찬은 송현의 연주가 마음에 들었는지 동호연이 끝나서 돌아가면서 거듭 다시 찾겠다고 말했다.

"수고하셨습니다."

두 사내가 떠나고 나서야 악사들이 하나같이 송현에게 인사를 했다.

"악사님들도 수고하셨습니다. 아, 그리고 아까 산조 곡의 중음을 경음으로 바꾸어 보는 것은 어떨까요?"

송현은 자연스럽게 악사들의 인사를 받으며 음악에 대한

이야기로 주제를 이끌었다.

악사들은 송현의 말에 관심을 보이며 귀를 기울였다. 이미 송현을 인정한 탓인지 송현의 말에 누구도 거부감을 보이는 이가 없었다.

오히려 대화를 시작하면서부터는 자연스럽게 송현을 중심으로 인정하는 분위기로 흘러가고 있었다.

마치 선생님의 가르침을 받는 학생들처럼 저마다 자신의 생각을 이야기하고 거기에 대한 송현의 의견을 기대한다.

그러다 어느새 악사들은 자연스럽게 악기를 들고 연주를 시작했다. 오늘 서로 주고받은 의견을 연주로써 확인해 보는 것이다.

동호연은 끝났지만 악사들의 동호연은 아직 끝나지 않은 듯 보였다.

송현이 한참 악사들과 의견을 나누고 있을 때다.

텅 빈 악양루 삼 층에 들어서는 이가 있었다.

늙고 왜소한 체격.

"쿨럭쿨럭! 이놈의 계단은 왜 이리도 높은지."

습관적으로 터져 나오는 기침에 거친 말투.

이초였다.

위자건의 치료를 받고 난 이초가 모처럼 만에 악양루에 들른 것이다.

그런 이초의 곁에 장서희가 함께하고 있었다.

장서희와 이초가 자리를 잡고 앉았다.

창밖 동정호가 가장 잘 보이는 자리다. 자리에 앉은 이초는 말없이 루 밖을 응시했다.

이초의 주름 속에 감춰진 눈에는 이유 모를 회한이 담겨 있다. 이초의 모습은 슬퍼 보였다.

그렇게 얼마나 흘렀을까.

"송현이었던가?"

이초가 문득 입을 열었다.

"송 악사님이요?"

"내 앞에서 송 악사님은 무슨. 송 악사면 송 악사, 송현이면 송현, 그리 불러야 예법에 맞는 것이다."

장서희의 반문에 이초가 꾸중을 놓는다.

장서희는 웃었다.

그녀에게서 늘 풍기던 포근한 분위기도 이초의 앞에서는 사라진 지 오래다. 오히려 그녀 또래에게서 흔히 찾아볼 수 있는 파릇파릇한 생기가 그 자리를 대신하고 있다.

이초의 앞에서 장서희는 루주라는 신분을 내려놓고 있는 것이다.

"할아버지는! 그래요, 송 악사. 송 악사는 왜요?"

"전에는 같잖은 재주만 믿고 날뛰는 천둥벌거숭이인 줄 알았더니 이제는 미친놈이 꽤나 좋은 연주를 하는구나."

칭찬보다 욕이 더 많은 칭찬이다.

장서희는 그런 이초를 샐쭉한 눈으로 노려보았다.

"지금 저희 악양루의 악사를 욕하시는 거예요?"

"욕이 아니라 칭찬이다, 이년아."

송현을 칭찬하는 이초의 말에 장서희는 옅게 웃음을 지었다.

"그런데 어떻게 아셨어요?"

장서희가 물었다.

동호연이 끝난 지금도 송현이 안에서 연주를 하고 있다는 이야기는 이초에게 하지 않았다.

그런데도 이초는 귀신같이 그것을 알아낸 것이다.

"죽을 때 다 됐다고 귀까지 멀었는지 아느냐! 뻔히 들리는 것을 왜 몰라! 이리 선명하게 들리는 것을!"

장서희의 말을 피식 웃으며 답한 이초는 이내 가만히 눈을 감았다.

비록 입 밖으로 내뱉지는 않았으나 악양루에 가까이 오면서부터 유독 하나의 음률이 이초의 귀를 파고들고 있었다.

그 음률은 이초가 알고 있는 악양루의 다른 악사들이 만들어내는 음률과는 전혀 달랐다.

그러니 남은 이는 송현 하나밖에 없는 것이다.

이초의 입가에 웃음이 번졌다.

"수석악사 자리는 걱정 없겠구나."

"지금까지 누구 때문에 걱정했는지 아시나요?"

"나 때문이라는 게냐?"

"아니라고 할 수 있으신가요?"

"……."

장서희의 반문에 이초가 입을 꾹 다물어 버린다.

이초가 악양루에 남긴 그림자는 크다. 이초는 떠났지만 이 초를 경험한 모든 이는 그 그림자를 떠안아야 했다.

때문에 누구도 수석악사 자리에 오르지 못했고, 누구든 수 석악사의 자리에 오르는 것을 용납하지 않았다.

이초가 너무나 뛰어났기에 반대로 그가 떠난 이후 악양루 는 그만큼 힘들어질 수밖에 없었던 것이다.

"그래도 할아버지만큼은 아니에요."

"왜? 음이라도 가르쳐 주었으면 하느냐?"

"그러면 왜 안 좋겠어요."

"클클! 이년아, 음으로 자식새끼 잡아먹은 놈에게 또 누 굴 잡아먹으라 하는 게냐!"

도발적인 장서희의 말에 이초가 웃음을 흘린다.

그런데 그 웃음이 너무나 슬프다.

"벌써 십여 년도 더 된 일이에요."

그런 이초에게 말하는 장서희의 표정도 슬프기는 매한가 지다.

그때였다.

"연주가 끝났구나."

이초가 문득 입을 연다.

이초의 말대로 연주가 끝났다. 뒤이어 새로운 연주가 시작되었지만 그 음률 속에는 송현의 연주가 들어 있지 않았다.

덜컥!

문이 열린다.

"어? 수석악사님?"

뒤이어 송현의 목소리가 들려왔다.

악사들은 이미 연주로 해답을 찾았다. 송현은 더 이상 자신이 연주를 이끌 필요가 없음을 깨닫고 내실을 나서던 참에 이초를 보았다.

송현은 꽤나 놀란 모습이었다.

음악의 연을 끊고자 하는 이초다.

그래서 그에게 배움을 청하고도 배움을 얻지 못한 채 마음을 접어야 했다. 그런데 그런 이초가 현재 악양루에 자리하고 있으니 놀랄 수밖에 없었다.

"수석악사는 무슨 얼어 죽을 수석악사! 네놈은 그 호칭 좀 어떻게 할 수 없느냐?"

이초의 타박에 송현은 머쓱하게 머리를 긁적였다.

"죄송합니다. 습관이 되어서……."

"수석악사고 나발이고 이리 와보거라."

"예?"

"전엔 돈에 환장해 눈이 멀었다더니 이제는 귓구멍이 막힌 게야? 튀어오라면 튀어 올 것이지 예는 무슨 예!"

대번에 이초의 불호령이 떨어진다.

그 불호령에 송현은 황급히 이초에게로 다가갔다.

"이런 덜떨어진 놈이 어찌 음률은 이만한 경지에 오른 것인지… 쯧쯧쯧! 말세야, 말세!"

이초는 송현이 그저 마음에 들지 않는다는 듯 혀를 찬다.

"앉아라."

그러면서도 자리를 권한다.

송현은 영문도 모른 채 그저 이초의 말을 따랐다. 말을 따르지 않았다가는 이초가 또 언제 화를 낼지 모른다.

그사이 이초가 불쑥 말을 꺼냈다.

"세상 모든 음악을 연주할 줄 안다고 제 것이 되는 것은 아니지. 모두 제 것을 만드는 것도 쉬운 일은 아닐 테고. 최근 점점 더 심해지진 않더냐?"

놀랍게도 이초는 송현의 현재 상태를 정확히 짚어내고 있었다.

"예, 어떻게 아셨습니까?"

놀란 토끼눈이 되어버린 송현의 반문에 이초는 피식 웃음을 흘렸다.

"네놈도 내가 죽을 때가 되어서 귓구멍까지 막혔다고 생각하고 있었더냐?"

"아, 아닙니다."

송현은 황급히 고개를 저었다.

그러나 속으로는 놀라 어찌할 바를 모르고 있었다.

'왜 이런 말씀을 하시는 걸까?'

비록 이초가 무슨 이유로 절음을 하려는지는 알 수 없었다. 하지만 이초가 얼마나 절음을 원하고 또 절음을 위해 노력하는지는 알고 있다.

가르침을 구한다는 송현의 말에 그토록 야박하게 굴었던 것도 절음 때문이 아니던가. 그런데 지금 이초가 먼저 송현의 음악의 경지를 입에 올리고 있다.

"요즘 내 똥을 네놈이 치우고 있다 들었다."

"똥이라니요?"

느닷없이 똥 이야기를 꺼낸다.

그 똥이 이초가 악양루를 떠난 빈자리를 의미하는 것이었으나 송현이 그 똥이 무엇을 의미하는지 알 리 없다. 그럼에도 이초는 개의치 않았다.

"또한 내가 사정을 알지 못하고 너를 잘못 본 일이 있었다."

송현의 소문을 듣고 송현을 돈벌이에 미친놈이라 칭한 지난날을 이야기하는 것이다.

불과 방금 전까지만 해도 이초는 송현을 오해하고 있었다.

"예?"

그러나 그 또한 송현은 알지 못하는 일이다.

그러거나 말거나 이초는 그저 자신의 말만 계속할 뿐이다.

"당장 넘을 수 있는 벽이 아니다. 아주 멀리 있는 벽이다. 하나 천리 길도 본디 한걸음부터라 했다. 당장 네놈의 것으로 만들 수 있는 음악이 무엇인지부터 알아야 할 것이다."

"가르침을 청합니다."

송현은 급히 허리를 숙여 정중히 예를 취했다.

이초의 말이 송현의 앞을 가로막는 벽을 넘을 수 있는 조언임을 알아차린 것이다.

그러나 그런 송현의 예에 이초는 와락 인상을 찌푸렸다.

"가르침은 무슨 개뿔 가르침이냐! 내 아직 절음하지 못하였으니 딴 놈의 음악이 어쩌고저쩌고 입에 올리는 것이 잘못된 것은 아닐 것이나, 나는 절대 딴 놈의 음에 대해서 입에 올리지 않을 것이다. 내가 하는 소리는 그저 죽을 때 다 된 늙은 이의 헛소리다! 알겠느냐!"

"예?"

송현은 눈을 깜빡였다.

이초의 말이 앞뒤가 맞지 않는다.

좀체 이해할 수 없으니 무어라 대답해야 할지도 좀처럼 생각나지 않는다.

"송 악사께서는 가끔 신기할 정도로 눈치가 없으실 때가 있네요. 할아버지, 아니, 이초 대인께서 하신 말씀 그대로예요. 이초 대인께서 무엇을 말씀하시던 그건 대인의 마음대로 하시는 말씀에 불과하답니다. 그것을 가지고 송 악사께서 무엇을 얻든 말이지요."

그런 송현에게 장서희가 말했다.

그리고는 고개를 돌려 이초를 바라보며 한쪽 눈을 찡긋해 보인다.

"아!"

송현은 그제야 이초의 말뜻을 알 수 있었다.

결국 조언을 주겠다는 말이다. 하지만 동시에 이초는 스스로 송현에게 가르침을 주었음을 인정하지 않겠다는 뜻이다.

참으로 복잡하고 모순된 논리다.

하지만 당장 목마른 사람은 송현 자신임을 부정할 수도 없다.

"예, 그리하겠습니다."

"클클클, 네놈이 급하긴 어지간히 급했나 보구나. 자신의 것이 될 수 있는 음악이 무엇인지 아는 것이 먼저다. 그러자면 맨땅에 대가리를 박아 보아야 하는 법인데… 네놈은 굳이 그럴 필요가 없다."

"왜 그렇습니까?"

딱!

이초의 주름진 손이 송현의 머리를 때렸다.

"혼잣말에 질문하는 놈도 있더냐! 네놈에게는 이미 그 해답이 있기 때문이다."

"……."

송현은 이번에는 입을 굳게 다물었다.

한사코 혼잣말이라 우기는 이초의 말에 질문을 던져서 매를 벌었으니 이번엔 입을 꾹 다물고 다음 설명을 기다리는 것이다.

"연유는 모르겠으나 네놈에겐 가락이 묻어 있다. 그것도 아주 깊이. 네놈이 하는 손짓, 발짓, 몸짓에 모두 그 가락이 묻어 나온다."

처음 송현이 가르침을 구하며 찾아왔을 때,

그때부터 이초는 송현의 몸에 밴 가락을 보고 있었다. 걸음걸이 하나에서부터 송현의 모든 움직임에 가락이 보였다.

"숨 쉬는 것, 밥 먹는 것, 아마 똥 누는 것에도 그 가락이 묻어날 것이다. 어쩌면 밤일할 때도 가락이 묻어나올지도 모르지. 그것을 찾아라. 다음은 그것을 찾은 후에나 생각해 볼 일이지."

"…끝입니까?"

"이 미친놈이 이제는 혼잣말을 멋대로 끝냈다고 무어라 하는구나."

가만히 이초를 바라보던 송현이 물었다.

가락. 처음 듣는 말이다. 몸에 가락이 배어 있다는 말은 지금껏 들어본 적이 없다.

그리고 그 가락을 어떻게 알아차려야 하는지도 모른다.

그 해답을 얻고자 굳이 매를 벌 각오까지 하며 질문했지만, 이초의 입은 굳게 다물어진 지 오래이다.

'가락이라……'

송현은 깊게 생각에 잠겼다.

손을 들어보았다.

아무런 느낌도 없다. 규칙을 찾아볼 수도 없다. 그런데도 이초는 송현에게 가락이 묻어 있다고 했다.

알 수 없는 일이다.

깊게 생각에 빠진 송현은 한참 동안이나 그 자리에 우두커니 서서 자신의 손발을 가만히 응시하기만 했다.

"제 몸에 뭐가 묻어 있는지도 모르는 놈이 어찌 음악을 한다고 설쳐대는지… 쯧쯧쯧!"

그런 송현이 한심스럽다는 듯 혀를 찬 이초는 이내 송현에 대한 모든 관심을 접어버렸다.

시선을 돌려 동정호로 향한다.

이초는 또다시 한참을 그렇게 동정호만 바라본다.

"이 야속한 아이야, 너는 어디쯤 흘러가 버린 게야."

무심결에 중얼거리는 이초의 혼잣말은 동정호의 물길을 따라 허무하게 흘러가 버렸다.

그렇게 이초는 한참 후에서야 자리에서 일어나 원래 자신이 있던 곳으로 돌아갔다.

제9장

절애고(絶哀鼓) 비연금(悲延琴)

깊은 생각에 빠져 있던 송현이 정신을 차렸을 때에는 이미 밤이 깊은 지 오래였다.

이초는 가고 없었다.

장서희만이 가만히 웃으며 송현을 바라보고 있었다.

"축하드려요."

"축하… 말입니까?"

"예, 그토록 원하시던 가르침을 얻으셨잖아요. 길은 찾으셨나요?"

"아니요. 찾지 못했습니다."

송현은 고개를 절레절레 저었다.

송현의 얼굴에는 실망감이 가득했다. 아무리 고민을 하고 또 스스로를 되짚어보아도 가락이라 할 만한 것이 무엇인지 떠오르지 않았다.

그러다 문득 고개를 들어 장서희를 바라봤다.

"질문해도 괜찮겠습니까?"

"하세요."

"수석악사님, 아니, 이초 대인께선 어째서 악양루에 계신 것입니까?"

이초는 악양루를 떠났다고 했다. 실제로도 송현이 악양루에서 이초를 본 것은 이번이 처음이다.

그것이 이상했다.

그러고 보면 오늘 이초의 모든 것이 전에 보던 이초와는 조금은 달랐다.

"…곤란한 질문이시네요. 하지만 대답해 드리겠어요. 대인께서 아시면 혼내시겠지만요."

"감사합니다."

"대인께서는 아드님을 보러 오신 거예요."

"아드님이라니요? 이초 대인께서는 분명……."

송현은 말끝을 흐렸다.

송현이 오늘 본 이초가 한 일이라고는 송현에게 조언을 하고 그저 멍하니 동정호를 바라보는 일뿐이었다.

"팔월 보름날, 그날이 이초 대인의 아드님 기일이거든요.

오늘 이초 대인께서 찾아오신 것도 그 때문이지요. 대인께선 지난 십여 년 동안 줄곧 일 년에 단 하루, 오늘만 저희 악양루를 찾으세요."

"그럼 동정호를 보신 것은?"

"맞아요. 아드님은 저곳에 잠들어 계세요."

송현의 시선이 동정호로 향했다.

이제야 이해가 간다.

오늘 이초가 보인 이상한 행동들, 동정호를 바라보며 중얼거리는 혼잣말과 슬픈 그의 시선까지.

이초는 죽은 아들을 그리고 있었던 것이다.

"대인께서 가르침을 주신 것 또한 그 때문이었을 거예요."

아들의 기일이다.

아무리 모진 이초라 할지라도 마음이 많이 여려질 수밖에 없는 날이다. 송현에게 가르침을 주었던 것도 그러한 이유 때문이었을 것이다.

"그래도 대단한 일인 것은 확실하군요. 지난 십여 년 동안 대인께서 절음을 선언한 이후 처음으로 가르침을 주신 것이니까요. 그저 마음이 약해져서만은 아닐 거예요."

장서희의 말대로다.

단지 아들의 기일이란 이유로 마음이 약해져서 송현에게 가르침을 준 것이라면 지난 십여 년 사이에 송현이 아닌 다른 악사 중 한 명이라도 이초의 가르침을 받아야 말이 된다.

하지만 오늘 송현을 제외한 누구에게도 이초는 가르침을
주시 않았다.

아들의 기일이란 이유로 이초의 마음이 약해진 것은 분명
하다. 하지만 동시에 송현이 가진 무언가가 이초의 마음에 든
것이기도 했다.

그러나 정작 송현은 장서희의 말이 귀에 들어오지 않았다.

"혹 수석악사님께서 절음하신 이유가……."

아들의 기일,

그리고 이초의 절음.

송현은 내내 그 두 가지 일의 연관성을 찾고 있었다.

조심스런 송현의 물음에 장서희는 순간 멈칫했다. 이미 그
녀의 반응만으로도 대답이 되고도 남음이다. 장서희도 그를
모르지 않았다.

그렇기에 순순히 고개를 끄덕인다.

"맞아요. 대인께서 제가 이 말을 했다는 사실을 아신다면
심하게 화내시겠지만… 맞아요. 송 악사님의 생각이."

장서희는 송현의 짐작을 확인시켜 주었다.

"자세히, 자세히 설명을 부탁드려도 되겠습니까?"

"…그건……."

장서희는 또다시 망설였다.

그러나 이미 내친걸음이다.

"이초 대인께서 악양루에서 한창 명성을 얻으셨을 때예요.

그때 대인께선 이미 중원에서도 손꼽히는 예인으로 인정받고 계셨지요."

장서희의 입가에 옅은 미소가 어렸다.

지난날을 기억한다.

장서희가 아직 어렸을 때다. 그리고 그때의 악양루는 장서희가 기억하는 최고의 전성기였다.

짧은 그리움이 스쳐 지나갔다.

"대인께서는 무림맹주와 오랜 인연을 가지고 계셨어요. 그 인연으로 대인께선 무림맹주의 음악 선생이 되었지요."

"무림? 무림인을 말하시는 겁니까?"

"예, 무림인이요. 그 무림인들이 모인 집합체의 정점에 선 이가 바로 무림맹주예요. 그리고 이초 대인께서는 그 일로 아드님을 잃으셨지요."

"단지 그 이유만으로 아들을 잃으셨다니요?"

송현은 이해하기 어려웠다.

교방의 악사로 지내온 세월이 긴 탓에 무림이라는 곳도, 무림인이란 것도 자세히 알지 못했다.

단지 이초가 무림맹주의 음악 선생이 되었다는 이유로 자식을 잃어야 할 이유는 없었다. 적어도 송현이 가진 상식으로는 일어날 수 없는 일이었다.

"무림의 은원은 그래서 무서운 법이지요. 은원을 가리는 데 사람의 목숨이 오가는 곳이 바로 무림이니까요. 그리고 그

때의 무림은 가장 치열하던 시기에요. 은원이 거미줄보다 복잡하게 얽혀 있었죠."

"하지만 악사이지 않습니까. 무공도 익히지 않은."

"그래서 더욱 좋은 것이에요. 무림맹주는 천하제일을 논하는 고수. 하물며 무림맹은 중원 정파무림의 집합체예요. 아무리 은원이 깊다 한들 그들을 향해 칼을 뽑아 들 만한 사람은 흔치 않죠. 그에 반해 무공을 익히지 않은 악사라면요? 좋은 먹잇감으로 보이지 않았을까요?"

"하지만… 하지만… 단지 음악 선생을 하셨을 뿐입니다. 하물며 해를 당하신 것도 수석악사님이 아니지 않습니까."

너무나 멀다.

무림맹주를 향한 원한이 이초도 아닌 이초의 아들을 빼앗아갔다.

"이런, 안 되겠네요."

장서희는 고개를 저었다.

설명의 방법을 바꾸기로 마음먹은 것이다.

"황제를 폐위하려는 역모를 꾸미면 어떻게 되나요?"

"그야 응당 구족을……."

너무나 간단한 답에 고민할 것도 입을 열었다. 그러다 그 말을 끝마치지도 못하고 말았다.

'아!'

황제를 향한 역모를 꾀한 자는 구족을 멸한다.

궁중의 오랜 법규다. 무림 또한 이와 다를 바 없다 여기니 이해되지 않던 것이 너무나 쉽게 이해가 되었다.

그저 조금의 관계가 있었기 때문이다.

그 관계로 죽였다.

"그뿐이에요. 다른 이유는 존재하지 않아요. 아니, 무림이기에 황법보다 더욱 끈질기고 지독하죠. 지나가던 무림인과 말 한마디 나누었단 이유로 다음 날 죽어가는 곳이 무림이란 곳이에요."

"그렇군요. 그래서 수석악사님께서는……."

"절음을 선언하셨죠. 처음부터 음에 뜻을 두지 않았다면, 그래서 무림맹주의 음악 선생의 자리를 부탁받지 않았다면 자식을 잃을 이유는 존재하지 않으니까요."

지나친 비약이란 것도 송현은 안다.

그러나 반박하지 않았다.

이초는 자식을 잃었다. 비약이든 아니든 이초는 음으로 인해 가족을 잃었다 여겼다.

그렇기에 그토록 절음을 하고자 했던 것이다.

'같은 음악을 익힌 예인인데 이리도 다르구나!'

음악을 익힌 것은 같다.

송현도, 송현의 할아버지도, 그리고 이초와 상아의 아버지인 남악사, 아니, 남치국도 모두 음악의 길을 걷던 예인들이다.

그러나 너무나 다르다.

송현의 조부는 음을 통하여 송현을 지켰으나, 남치국은 더는 음악의 길을 가지 못함에도 가족을 지키려 애쓰다 끝내 병을 이기지 못하고 쓰러졌다.

이초는 음악으로 인해 자식을 잃고 절음을 택하였으나, 송현은 떠나간 조부의 뒤를 이어 음악의 길을 택했다.

배운 것은 같은데 각자가 서 있는 길은 너무나 다른 곳이다.

송현의 시선이 한쪽으로 향했다.

악양루 삼 층에서 아래로 내려가는 계단이다. 이초는 그 계단을 걸어 내려가 악양루를 떠났을 것이다.

"많이… 힘드셨겠군요."

송현은 말했다.

비록 서 있는 곳은 다르지만 송현 또한 유일한 혈육인 할아버지를 떠나보내야 했다.

가족을 떠나보내야 하는 슬픔과 다시는 볼 수 없음을 알기에 찾아오는 아픔을 알고 있다.

하물며 가족을 잃어야만 한 이유에 티끌만큼이라도 본인이 관계되어 있음을 깨달았을 때 느껴야 하는 괴로움도 안다.

자식을 떠나보내고 이초는 많이 힘들었을 것이다.

"아직도… 힘들어하시는군요."

그리고 십여 년이 지난 지금도 여전히 힘들어하고 있었다.

투둑.

송현의 눈가로 눈물 한 방울이 흘러내렸다.

"잠시 실례 좀 하겠습니다."

힘들어하고 있는 이초의 모습, 사랑하는 가족을 잃은 슬픔, 그리고 오늘 새벽 송현을 찾아온 할아버지의 꿈.

여러 가지의 감정이 복잡하게 뒤엉킨다.

둥―!

송현은 자리를 잡고 앉아 거문고를 연주했다.

마음을 담는다.

송현의 마음은 이초를 좇고 있었다.

*　　　*　　　*

보름날의 밝은 달이 동정호를 밝힌다. 달빛에 반짝반짝 빛을 내는 동정호의 물결은 또 다른 감회를 불러온다.

이초는 그곳에 있었다.

걸음을 옮기며 동정호의 주위를 걷는다. 죽은 아들을 추억하고 치미는 감정을 정리한다.

"후훗!"

그러다 문득 웃음을 흘렸다.

"괜한 짓을 한 건 아닌가 모르겠구나."

죽은 아들의 기일이 마음을 무르게 만들었다. 송현을 오해

한 데에 대한 미안함도 있었다. 그리고 악양루를 떠나오며 남긴 이초 자신의 그림자를 송현이 거둬주기를 바라는 마음도 있었다.

그래서 가르침을 주었다.

그러나 또 한편으로는 괜한 짓을 한 건 아닌가 하는 걱정이 드는 것도 어쩔 수가 없다.

"꼴사납구나. 이 아비의 모습이 너무나 꼴사납지 않느냐?"

이초가 고개를 들어 동정호를 바라본다.

죽은 아들의 얼굴이 떠오른다.

느지막이 어렵게 얻은 아이다. 아비의 죄로 어미를 잃은 아이다. 어미 없이 자라 혹여나 잘못된 길로 빠지지 않을까 걱정하고, 어디 가서 기죽지 않을까 걱정했다.

음악을 좋아하던 아이다. 유난히 약한 몸에 잔병치레도 잦았다. 커서는 아비를 따라 예인의 길을 가겠다고 했을 때는 말은 않았지만 얼마나 뿌듯해했는지 모른다.

고마운 아이다. 전부였던 아이다.

그 아이가 죽었다.

세상이 무너지는 기분이었다. 끝없는 나락으로 떨어지는 기분이었다.

그래서 음악을 떠났다.

그런데 지금 그 음악을 가르쳐 주고 괜한 짓을 했다 후회하고 있으니 그 꼴이 너무나 우습기만 했다.

아들의 유골을 흘려보낸 동정호를 바라보며 이초는 너무나도 초라하고 볼썽사나워진 자신의 모습에 그저 괴로운 웃음만 짓고 있다.

둥—

"음? 이 소리는?"

그런 이초의 귓가로 음악 소리가 들렸다.

어디서 들려왔는지도 모를 음악 소리였지만, 그 소리의 주인이 누구인지 이초는 한 번에 꿰뚫었다.

"송현 그놈의 거문고 소리가 아닌가?"

이초의 고개가 돌아갔다.

악양루가 자리한 방향으로 고개를 돌려 바라보지만 그곳과 이초가 자리한 곳의 거리는 소리가 전해질 수 있는 거리가 아니었다.

그런데도 음악 소리가 들린다.

그것도 한 번의 음이 아니다. 연속해서 이어지는 곡. 그 곡이 너무나 선명하게 귓가를 파고들었다.

욱신.

"큽!"

이초는 급히 가슴 어림을 움켜쥐었다.

가슴이 아프다.

거문고 소리가 너무나 슬프고 처연하게 가슴을 파고든다. 칼날처럼 심장을 가르고 비수처럼 심장을 찌른다.

고통으로 얼굴이 일그러진 이초가 멀리 악양루를 보며 소리쳤다.

"누가! 누가 나를 연주하느냐!"

이초의 고함이 사람 없는 동정호를 흔들었다.

주룩.

눈물이 고운 뺨을 지나 아래로 떨어진다.

'내가 왜?'

놀란 장서희는 급히 소매로 눈가를 훔쳐 냈다. 그러나 자꾸만 눈물이 흐른다.

그런 장서희의 앞에 정좌한 송현이 거문고를 연주하고 있다.

송현의 거문고 소리가 너무나 슬프다.

그것이 너무나 슬퍼 자신도 모르게 자꾸만 눈물이 난다.

세상이 무너지는 것 같다. 끝없는 낭떠러지로 떨어져 내리는 것 같다. 넓은 세상에 홀로 내버려진 것 같다.

그 절망과 공포, 그 외로움이 그녀의 가슴을 후벼 파고 괴롭힌다.

'그만! 제발 그만!'

너무나 슬퍼 목 놓아 울어버릴 것만 같다.

그래서 송현을 말리고 싶다. 연주를 멈추게 하고 싶다.

하지만 송현을 향해 내뻗은 장서희의 고운 손은 끝내 송현을 붙잡지 못한 채 허공만 공허하게 움켜쥐다 풀어졌다.

　　상견시난별역난(相見時難別亦難)
　　동풍무력백화잔(東風無力百花殘)
　　춘잠도사사방진(春蠶到死絲方盡)
　　납거성회누시건(蠟炬成恢淚始乾)
　　효경단수운빈개(曉鏡但愁雲鬢改)
　　야음응각월광한(夜吟應覺月光寒)
　　봉산차거무다로(蓬山此去無多路)
　　청조은근위탐간(淸鳥慇勤爲探看)

　　어렵게 만났다 헤어지긴 더 어려워
　　시들어 지는 꽃을 바람인들 어이하리
　　봄누에는 죽음에 이르러 실이 끊기고
　　초는 재가 되어야 눈물이 마른다네
　　아침 거울 앞 변한 머리 한숨짓고
　　잠 못 이뤄 시 읊는 밤 달빛은 차리
　　봉래산은 여기서 멀지 않으니
　　파랑새야 살며시 가보고 오렴

송현이 불러내는 노래 탓이다.
"당신은 왜 이렇게 슬퍼하나요?"

장서희는 조용히 질문을 던진다.

하지만 그 질문을 받아줄 송현은 이미 연주에 몰두해 대답해 줄 수가 없다.

송현의 두 뺨에도 눈물이 흐르고 있다.

소리 없는 울음.

그리고 그 울음을 대신하는 연주와 노래.

그것이 너무나 슬프고 가여워 장서희는 차마 송현의 연주를 멈춰 세우지 못했다.

"흑!"

장서희는 끝내 삼켜온 울음을 토해냈다.

이초는 심장을 움켜쥔 채 무릎을 꿇고 있었다.

간질이라도 걸린 사람처럼 온몸이 사시나무처럼 떨린다.

괴로움을 이기지 못한 이초는 이미 두 눈을 질끈 감고 이를 악물었다.

'나를… 누가 나를 연주한단 말인가!'

송현의 거문고 소리라 생각했다.

하지만 거문고 소리가 만들어내는 연주는 자신을 노래하고 있었다.

대체 누가 그럴 수 있을까.

고통을 참아내는 이초의 감은 눈앞으로 지난날의 자신의 모습들이 스쳐 지나갔다.

젊은 시절 이초는 북벌군에 속해 있었다. 가난한 형편에 입이라도 하나 줄여보자고 참가한 전쟁이다. 등 뒤로 아군의 진군을 알리는 북소리에 무작정 앞으로 내달렸다.

살기 위해, 그저 살아남기 위해 칼을 휘둘렀다. 적을 죽이고, 죽어가는 아군을 방패삼아 앞으로 나아갔다.

수많은 병사 중에서도 이초는 운이 좋은 편이었다. 치열한 전투에서도 살아남았고, 운이 좋아 무공 한 자락을 익힐 수 있었다. 사지 멀쩡히 군을 나올 수 있었던 것도 확실히 천운이라 해도 좋을 만했다.

군에서 성장기를 보냈고, 배운 것은 칼질이다.

사람 죽이는 일밖에 익히지 못한 이초가 군을 나와서 할 수 있는 일은 한정적이었다.

자연스럽게 낭인이 되었고, 무림인이 되었다. 사선을 넘나들었다. 죽을 고비를 넘긴 것은 일일이 헤아리기도 힘들다. 그렇게 강해졌다.

손꼽히는 신진고수로, 이내 한 성을 대표하는 무림고수로 성장했다.

사람들은 이초를 지금의 무림맹주인 무적철권과 나란히 놓고 이야기하고는 했다.

그때 여인을 만났다. 한낱 기녀에게 품은 연심이다. 처음으로 생긴 감정에 당황하고 갈등했다. 그러면서도 그 마음을 이기지 못해 여인을 사모했다.

가진 돈을 털어 그녀를 기적(妓籍)에서 풀어주었다.

가족이 되었다. 여인의 배가 불렀고, 곧 새로운 가족이 세상 밖으로 나왔다. 아들이었다.

세상을 다 가진 기분에 며칠을 웃었다.

아이의 울음소리에도 너무나 행복하기만 했다.

그러나 여인이 떠나갔다. 한 명의 고수로 성장해 가는 동안, 수많은 사선을 넘나드는 동안 쌓아온 원한이 가볍지만은 않았다.

그 원한이 어느 날 갑자기 찾아와 여인을 앗아갔다.

슬펐다. 하지만 그보다 먼저 겁이 났다.

언젠가 또 다른 원한이 찾아와 핏덩이 자식마저 앗아갈지도 모른다는 불안감은 그 무엇보다 무섭게 이초를 내리눌렀다.

결국 검을 꺾었다.

모두가 보는 앞에서 스스로 단전에 부러진 검을 꽂아 넣었다. 그렇게 누구보다 확실한 금분세수를 했다. 무림과의 연을 끊어냈다.

그리고 자식과 함께 살기 위해 온갖 일을 했다. 단전이 깨어진 몸으로 막일을 시작했고, 한동안 그 일로 끼니를 때웠다. 그러다 우연히 북을 발견했다.

전장에서 경험한 북소리.

이초는 그때부터 이미 악인이 되어 있었다. 다행히 재능이 있었다. 적지 않은 나이에 시작했음에도 이초는 무섭게 예인으로서 성장을 이루었다.

사람들이 찾기 시작하고, 마침내 악양루의 수석악사가 되었다. 중원에서 손꼽히는 예인으로 인정받았고, 한때 호적수였던 무림맹주의 음악 선생이 되었다.

그러나 그것이 아들을 앗아갈 것이라고는 생각지도 못했다.

무공을 버리고, 단전을 깨뜨리고, 살아온 젊은 모든 날을 버리면서까지 지켜내려 했던 자식이다.

그 자식이 싸늘한 주검이 되어 있었다.

이초는 그날 자신의 전부가 사라져 버렸음을 깨달았다.

그 슬픔, 그 괴로움, 그 비통한 심정.

그것은 무엇으로 표현할 수 없었다.

그리고 음악을 버렸다.

음악을 버리고 그날부터 지난 십여 년의 세월을 속으로 그 괴로움과 슬픔을 삭여 갔다.

그런데 그것이 음악이 되어 전해진다. 귀를 막아도 오히려 더욱 선명해지고 마음을 닫아도 빗장을 열고 들어온다.

억눌렸던 감정이 폭발했다.

꽈악!

이초가 주먹을 움켜쥐었다. 다른 한 손으로는 바닥에 떨어진 나뭇조각을 쥐어 들었다.

감은 눈을 떴다. 꿇었던 무릎을 다시 펴고 일어섰다.

터져 버린 감정이, 지금 흘러나오는 이 음악이 이초의 몸을 이끌었다.

"크흐흐흑!"

울음인지 웃음인지 알 수 없는 괴상한 소리가 이초의 악다 문 입술 사이를 비집고 나왔다.

붉게 충혈된 이초의 시선이 주위를 향한다.

그리고 나뭇조각을 쥔 오른손을 휘둘렀다.

둥!

대기가 흔들린다. 아무것도 없는 허공에서 북소리가 울려 퍼진다.

기사다.

사람의 상리로는 도저히 이해할 수 없는 일이 벌어졌다.

그런데 정작 그 일을 만들어낸 당사자는 너무나 당연하다 는 듯 그것을 받아들였다.

이초가 소리쳤다.

"대체 내게 왜 이러는지 모르겠으나! 그래! 어디 함께 제대 로 울어보자!"

쿵!

외침이 끝나기 무섭게 또다시 북소리를 낸다. 이초가 허 공을 때릴 때마다 울려 퍼지는 북소리는 마치 우렛소리와 같 이 천지를 뒤집어놓는다.

쿵! 쿵! 쿵! 쿵!

이초는 그 속에서 허공을 두드렸다.

마치 보이지 않는 아홉 개의 북을 두드리듯 삼방을 오가며 허공을 때린다.

북소리는 크고 선명하게 울려 퍼졌다.

쿵! 쿵! 쿵!

귓가로 북소리가 들린다.

어디서부터 시작된 북소리인지, 어디로 가는 북소리인지 모른다.

그러나 그 북소리는 너무나 슬프다. 빠르게 휘몰아치고 격정적으로 뒤흔들지만 그 속에 담긴 것은 깊은 공허와 좌절, 그리고 외로움이다.

거문고 연주에 심취한 송현은 자신의 귓가로 들려오는 그 북소리에 의문을 품지 않았다.

의문을 품을 겨를이 없었다.

거문고 소리와 한데 어우러진다. 그래서 더욱 슬프다. 북이 거문고 소리를 이끈다. 슬픔은 더욱 거대해지고 공허는 더욱 깊어진다.

송현의 눈에서 쉼 없이 눈물이 흘렀다.

잠에서 깨어났을 때 할아버지는 더 이상 송현의 곁에 없었다.

무서웠다.

산 아래 마을 사람들은 송현에게 더는 할아버지를 만날 수 없다고 이야기했다.

믿지 않았다. 장난이라 여겼다.

언제나 곁에 있어주던 할아버지다. 멀리서 들려오는 새소리가 무서워 눈물을 지을 때도 할아버지는 웃으며 송현의 등을 다독여 주었다.

호기심으로 벌인 불장난에 할아버지는 다치면 어쩔 뻔했느냐며 송현을 끌어안아 주었다.

그런 할아버지를 다시는 볼 수 없다는 사실을 받아들이는 일은 결코 쉬운 일이 아니었다.

지금도 할아버지가 불쑥 나타날 것만 같다. 웃는 얼굴로 무릎 맡에 뉘여 거문고 소리를 들려줄 것만 같다.

어쩌면 송현은 지금도 할아버지와 이별한 사실을 받아들일 수 없는지도 모른다.

그렇게 할아버지와 헤어졌다.

할아버지가 언제고 찾아올 것이란 기대를 갖고 궁에 들어갔고, 교방의 악생으로 생활을 시작했다.

하늘에서 뚝 떨어진 것과 같은 송현을, 음이라고는 아는 것 없는 송현을 다른 교방의 식구들이 좋아할 리 없었다.

겉돌았고, 외로웠다.

또다시 버림받을 것만 같았다.

그래서 음악을 시작했다. 악착같이 익히고 악착같이 매달렸다.

그럴수록 할아버지의 빈자리는 더욱 커져갔다.

이장명이 곁을 지켜주었지만 이장명이 할아버지를 대신할 수 없음을 송현은 알고 있었다.

외로움 속에서 홀로 될까 두려워 더욱더 발버둥 치며 살았다.

송현의 감정이 격해질수록 거문고를 연주하는 송현의 손놀림 또한 더욱 빨라진다. 거기에 화답하듯 들려오는 북소리도 점점 더 크고 강해진다.

어느 순간 송현의 거문고에서는 더 이상 소리가 나지 않았다.

그러나 이미 연주에 몰두한 송현은 이를 알지 못했다.

아니, 송현의 귓가에는 자신의 거문고 소리가 너무나 선명하게 들려오고 있었다.

송현의 거문고 소리가 하늘에 녹아내렸다.

＊　　　＊　　　＊

만월의 보름달이 밝게 빛난다.

밤이 깊었음에도 악양의 거리에는 사람들이 가득하다. 불 꺼지지 않은 건물들이 악양을 밝힌다.

불야성(不夜城)이란 말이 이런 악양의 모습을 두고 말하는 듯하다.

그때였다.

쿠구구구궁!

갑자기 지축이 흔들린다.

활기차게 움직이던 거리의 사람들이 모두 몸을 낮추고 주위를 살폈다.

"어, 어어!"

그때 누군가 놀란 소리를 지르며 한쪽을 가리켰다.

사람들의 시선이 그 손가락을 따라 향했다.

"도, 동정호가!"

동정호가 일어섰다. 물기둥이 용틀임을 하며 치솟아 춤을 춘다.

그 장대한 모습에 사람들은 가던 길도 잊고 입을 벌린 채 멍하니 동정호를 바라봤다.

누군가는 용이 승천하는 것이라 말했고, 또 누군가는 신선이 장난치는 것이라 말했다.

그때였다.

어디선가 음악 소리가 들려왔다.

하늘에 녹아난 음악 소리는 너무나 아름다웠다. 그리고 서글펐다.

투둑.

비가 내렸다.

구름 한 점 없이 맑은 하늘에 만월(滿月)만 고고히 빛나고 있건만 비가 내리고 있다.

가는 물방울이 대지를 적신다.

마른하늘에 비가 내리고 하늘은 아름다운 음악의 선율로 가득 찬다.

쿠쿠쿵!

맑은 하늘에 천둥소리가 북소리처럼 하늘을 수놓은 선율과 어우러진다.

그 아름답지만 애절하고 슬픈 선율에 마음 약한 이의 눈망울에 눈물이 맺힌다.

천상에서 내려오는 음률에 사람들 중 누구도 솟았던 동정호의 물기둥이 사라져 버렸음을 알아차리지 못했다.

"흑!"

하염없이 흘러내리는 눈물을 닦아내던 장서희가 송현을 바라봤다.

더 이상 거문고 소리가 들리지 않는 탓이다.

그러나 송현의 두 손은 빠르게 거문고의 여섯 개 현 위를 노닐고 있다.

장서희가 그런 송현의 모습에 의문을 품고 자리에서 일어났다.

송현을 향해 다가가던 장서희는 이내 우뚝 걸음을 멈추고 먼 곳을 바라봤다.

악양루 삼 층.

넓게 트인 루 밖의 풍경이 송현의 등 너머로 펼쳐진다.

반짝인다.

그리고 떨어진다.

물방울이 이슬비처럼 아래로 떨어져 내리고 있다.

"날이 이렇게 맑은데……."

장서희는 조용히 중얼거렸다.

루 밖으로 보이는 하늘에는 밝은 달이 떠 있다. 구름 한 점 없는 밤하늘에 내리는 비는 기이한 느낌을 전해준다.

그리고,

"소리……."

음악 소리가 들린다.

장서희는 무의식적으로 송현을 돌아보았지만, 지금 들리는 소리는 송현의 거문고에서 나오는 소리가 아니다.

어디서 들려오는지 모르겠다.

그러나 그 아름다운 선율이 시리도록 슬프다.

장서희는 멍하니 여우비 내리는 밤하늘을 올려다보았다.

오 부인은 송현의 방을 정리하고 나섰다.

평소보다 귀가가 늦은 송현이 걱정되긴 했지만, 당장 오 부인이 할 수 있는 일은 돌아온 송현이 편이 잠들 수 있게 침소를 정리하는 일뿐이었다.

정리를 마친 오 부인은 가만히 송현의 침상에 고개를 숙였다.

비록 보일 리 없지만 이렇게라도 매일 송현에 대한 감사한 마음을 전하는 것이 그녀의 일상이다.

방문을 열고 문밖을 나섰다.

마루 위에 익숙한 사람이 보인다.

늠름했던 어깨는 야위었고 곧게 섰던 허리는 구부정해졌지만, 오 부인은 그가 누구인지 잊지 않았다.

잊을 수가 없다.

오늘 따라 손가락 두 개가 비어 있는 그의 오른손이 더욱 크게 눈에 들어왔다.

"여, 여보?"

그는 남치국.

오랫동안 병상에 누워 지내야 했던 오 부인의 남편이다.

"어, 어떻게? 아니, 그보다 빨리 안으로 드셔요. 의원님이 찬바람 쐬면……."

오 부인은 놀란 것도 잠시, 찬바람을 쐬게 하지 말라는 의원의 당부가 떠올랐다. 폐병을 앓고 있는 남치국은 찬바람을 쐬면 안 된다.

지금껏 한 지붕 아래에 살면서도 송현과 얼굴을 맞대고 인사를 해본 적 없는 것 또한 그 때문이다.

급히 남편을 방 안으로 들이려는 오부인의 이끎에도 남편은 요지부동이다.

제 힘으로 거동조차 하지 못한 남편이 오늘은 왜 이리도 힘이 좋은지 모를 일이다.

"보시오. 악양에 여우비가 내리고 있소."

오히려 손을 뻗어 하늘을 가리킨다.

중한 병으로 초췌하고 야윈 남치국의 입가에는 희미한 미소가 어려 있다.

"네? 그게 무슨……."

처음에 오 부인은 남치국의 말을 이해하지 못했다.

그러나 이내 그녀의 뺨 위로 내려앉는 빗방울에 지금 하늘에서 비가 내리고 있음을 깨달았다.

"어머나! 날이 이리 맑은데……."

좀처럼 보기 힘든 여우비에 그녀는 남편을 방에 들여야 한다는 것도 잊고 하늘을 바라봤다.

남치국은 그런 오 부인의 어깨를 감싸 품에 안았다.

"하늘이 슬퍼하는가 보오."

남치국은 하늘이 눈물을 흘리는 것이라 말했다. 하늘이 눈물이 흘린다면 필히 안 좋은 징조인데 남치국의 입가에는 여전히 미소가 어려 있다.

"그런데 왜 이리 따스해지는지 모르겠소."

내리는 여우비를 보고 있노라니 마음이 따스해진다.

남치국은 저도 모르게 품에 안긴 오 부인을 더욱 강하게 끌어안았다.

"고맙소······."

남치국은 오래 담아두었던 진심을 오 부인의 귓가에 속삭였다.

"저도요."

오 부인이 하늘을 바라보며 답했다.

                    *   *   *

송현의 감정과 이초의 감정이 교차한다.

그 교차하는 감정이 기이한 일들을 만들어냈다.

동정호의 호수가 솟아오르더니 맑은 하늘에 비가 내렸다. 심지어 천지간에 음악이 가득 차 흘러간다.

이초는 신들린 듯 허공을 때렸다.

더는 허공에서 북소리가 나지 않았지만, 이초가 허공을 때릴 때마다 대기는 흔들리며 그 떨림을 전한다.

소리 없는 연주.

그러나 그 소리는 이미 천지간에 가득 차 흘러간다.

그렇게 얼마나 흘렀을까.

이초의 연주가 끝이 났다.

빗물에 흠뻑 젖은 이초의 두 눈에 굵은 물줄기가 흘러내리고 있다.

"어찌, 어찌 그리 살았느냐! 어찌 그 외로움을 견디며 살았단 말이냐!"

이초는 통곡하듯 소리쳤다.

'나의 노래인 줄 알았더니 너의 노래였구나.'

공간을 격하고 들려오던 거문고 소리.

그것은 이초를 노래하고 있었다. 낱낱이 파헤쳐지는 감정에 이초의 가슴속에 묻어두었던 감정 또한 폭발하듯 터져 나왔다.

참을 수 없었다.

그래서 대기를 북 삼아 연주했다.

그러나 연주가 시작되고 얼마 지나지 않아 이초는 깨달았다.

들려오던 거문고는 이초의 인생을 노래하고 있었던 것이 아니다. 거문고의 주인, 송현의 인생을 노래하고 있었던 것이다.

그러나 닮았다.

가족을 잃은 슬픔, 넓은 세상에 홀로 남겨진 것만 같은 두려움과 외로움, 그리고 가족을 지키지 못한 자책.

그 닮은 감정과 슬픈 동질감이 이초가 자신의 노래라고 착각하게 만들었다.

두 사람의 음악이 교감하고 하나로 화해 연주되었다.

이초는 송현을 알아가고, 송현은 이초를 알아갔다.

그 아픔을 공유하고 지난 상처를 공유했다. 그러기 위해서는 자신의 상처와 아픔을 모두 토해내야 했다.

토해냈는데 오히려 가득 찬 느낌이다.

그러나 더는 아프지 않다.

마치 서로가 서로의 상처를 보듬은 것만 같다.

그럼에도 이초는 눈물을 흘렸다.

음악을 통해 전해진 송현의 감정이 자신과 크게 다를 바 없음을 알게 하고, 지금껏 모르던 송현의 모습을 알게 했다.

그 가여움에 눈물을 흘린다.

어린 나이에 가족을 잃고 혈혈단신이 되어버린 신세에 안타까워한다.

"풀어버리거라. 놓아주어야지. 너의 노래로 나는 이 좁은 마음속에 가두었던 아들을 배웅하였으니 나의 노래로 너도 배웅하거라."

이초는 보이지 않는 악양루의 송현을 바라보며 속삭이듯, 다독이듯 중얼거렸다.

그 목소리에 정이 담긴다.

*　　　*　　　*

손가락이 현 위를 노닌다. 오른손의 장죽이 음이 만들면 왼손가락이 바삐 현 위를 뛰어다니며 장식음을 만든다.

처음에는 그 느낌이 명확했다.

어떠한 힘으로, 어떠한 순서와 박자로 치고 있는지 또렷하게 느껴졌다. 떨리는 현 줄의 지극히 작은 진동조차도 너무나 선명하게 다가왔다.

그러나 송현은 이제 아무것도 느껴지지 않는다.

눈이 내린다.

언제부터 시작된 것인지도 기억나지 않을 만큼 눈은 오래전부터 내리고 있었다. 쌓인 눈은 장정의 무릎을 훌쩍 넘어 아랫배 어림까지 쌓였으리라.

온 세상이 눈 속에 파묻혔으니 닫힌 방문으로 흘러들어 오는 한기가 뼛속까지 침습하기에 모자람이 없다.

그러나 두렵지 않다.

걱정하지도 않는다.

혼자가 아님을 알았다.

방 안은 거문고 소리로 가득하다.

방 안에 가득 찬 음률은 침습하는 한기를 녹여낸다. 더불어 혼자가 아님을 이야기 한다. 언제나 곁에 있음을 이야기한다.

송현은 웃었다.

온몸을 감싸 안아주는 음률의 포근한 감촉이 좋았다.

마음을 따스하게 덥혀주고, 아랫배를 든든하게 채워주는 그 느낌이 너무나 든든하고 따뜻해서 좋았다.

　송현은 감았던 눈을 떴다.

　고개를 움직여 위를 바라보니 익숙한 얼굴이 보인다.

　"할아버지."

　오래전, 이제는 기억조차 나지 않는 그 얼굴이 거짓말처럼 눈앞에 선명히 보인다.

　이상하게도 송현은 이 이상한 일에 아무런 괴리감도 느끼지 않고 있다.

　"잘 잤느냐."

　할아버지는 온화한 미소를 지어주었다.

　따뜻해진다. 포근해진다.

　그 미소를 보니 어린아이가 되어버린 듯 헤헤 웃어버렸다.

　"네, 잘 잤어요."

　"외롭지 않더냐?"

　"이제는 괜찮아요."

　"그래, 다행이구나."

　송현의 대답에 할아버지는 안심한 듯 고개를 끄덕인다.

　그 모습에 순간 송현은 불안해졌다.

　저도 모르게 손을 뻗어 할아버지의 옷자락을 꼭 쥐었다.

　"가시려고요?"

　떠날 것만 같다.

금방이라도 눈앞의 할아버지가 연기처럼 사라질 것만 같다.

"왜, 싫으냐, 이 할아버지가 떠나는 것이?"

"예, 싫어요."

어린아이같이 투정을 부린다.

그렇게라도 떠나는 할아버지를 붙잡아두고 싶다.

슥슥.

할아버지는 그런 송현의 머리를 쓰다듬어 주었다.

그리고 말했다.

"걱정할 것 없다. 불안해하지 말거라. 이 할아버지는 떠나야 하지만 네게 음을 남겨주지 않았느냐. 음이 네게 머무니 너는 결코 혼자가 아니고, 이 할아버지는 너를 떠나지 않았음이 아니냐."

"하지만……."

송현은 말을 잇지 못했다.

어깨를 토닥여 주는 손길이 너무나 따뜻하고 편안했기 때문이다.

자꾸만 잠이 온다.

잠들면 안 될 것만 같아 불안한데 자꾸만 감겨져 오는 눈을 이기기가 어려웠다.

마침내 눈이 감겼다.

"걱정하지 말거라. 나는 여기 있으니."

송현의 의식이 침잠해져만 가는 가운데 할아버지의 목소리가 아득히 들려온다.

똑!

송현의 눈가로 눈물 한 방울이 떨어졌다.

이 꿈을 끝으로 더는 할아버지의 꿈을, 꿈속의 음률을 마주하기 힘들 것임을 느끼고 있었다.

팔월 보름날 밤 악양에 벌어진 기사(奇事).

멀쩡한 동정호의 호수가 하늘로 치솟았고, 마른하늘에선 비가 내리고 천둥이 쳤다.

천지간에는 한동안 음악 소리가 가득하여 그 슬픈 곡조에 악양의 모든 사람이 눈물짓고, 또 종래에는 그 곡조의 포근함에 웃음 지었다.

기사도 보통의 기사가 아니었다.

혹자는 동정호의 용이 승천하여 일어난 조화라 하고, 또 다른 혹자는 신선의 음악에 천지가 감동하여 일어난 조화라고도 했다.

그러나 누구도 이러한 조화가 일어난 것에 대한 정확한 이유는 알지 못했다. 그저 입에서 입으로 그날 겪은 그 기사를 자랑하기 바빴을 뿐이다.

제10장
부자지연(夫子之緣)

樂武林

"그동안 감사했습니다."

송현이 꾸벅 인사를 하고 자리에서 일어났다.

"정말 가시려고요?"

장서희가 급히 자리에서 일어나 송현을 붙잡았다. 장서희는 행여 송현이 그냥 가버릴까 봐 급하게 말을 잇는다.

"악양루의 수석악사 자리를 내드릴게요. 급여도 지금보다 많이……."

그러나 장서희는 끝내 말을 잇지 못했다.

조용히 고개를 젓는 송현 때문이다.

"아니요. 말씀은 감사하지만 더 이상 제 몫은 아닌 듯합니다."

"왜죠? 왜 떠나시려는 거죠?"

"새로운 가르침을 얻으려고요."

다급한 장서희의 물음에 송현이 웃으며 답했다.

이초에게 받은 가르침을 다 소화하지는 못하였다. 그러나 간밤의 연주로 언뜻 그 가르침의 의미가 무엇인지 엿볼 수 있었다.

꿈결에 할아버지를 만나고 이제 자신이 악양루를 떠날 때임을 깨달았다.

"결국… 가시는군요."

송현의 웃음을 보는 순간 장서희는 어떤 설득으로도 송현을 붙잡을 수 없음을 느꼈다.

더는 송현을 붙잡을 수 없다는 사실을 알게 된 그녀는 더이상 송현이 떠나는 것을 말리지 않았다.

"다른 악사분들께 인사라도 하고 가셔야죠."

"…죄송합니다. 대신 감사했다고 전해주세요."

송현의 웃음에 아쉬움이 섞였다.

떠날 마음을 먹고 곧장 오 부인과 작별 인사를 했다. 그리고 그때 처음으로 남치국의 얼굴을 봤다. 병의 흔적은 남아 있었으나 얼굴 한쪽에 생기가 돌고 있음도 확인했다.

'다행이야.'

덕분에 홀가분한 마음으로 떠날 수 있었다.

그러나 차마 상아와는 작별 인사를 하지 못하였다.

상아가 울면 떠나기 더 힘들어질 것만 같았기 때문이다.

악양루 악사들과의 인사를 꺼리는 이유도 그 때문이다.

"다시, 다시 돌아오실 건가요?"

장서희가 물었다.

송현은 머리를 긁적였다.

"그건 잘 모르겠습니다. 아마도 돌아와 보고 싶지 않을까요?"

악양에서 많은 일이 있었다.

그 일들이 기억 속에 남아 있는 한 언제고 다시 한 번은 악양을 찾을 것만 같다.

"그럼 이만."

장서희와 이야기하는 동안에도 마음이 약해졌다. 그래서 더 이상 마음이 약해지기 전에 서둘러 인사를 하고 돌아섰다.

뒤에서 장서희의 목소리가 들려왔지만 송현은 애써 그 소리를 무시했다.

악양루를 나와 길을 걸었다.

사람들이 만들어내는 소리가 송현의 귓가로 파고들었지만 이제는 더 이상 신경 쓰지 않았다.

오히려 이제는 웃음을 지었다.

"이 좋은 소리를 왜 처음에는 괴롭다고 생각했을까."

처음 저잣거리에 들어섰을 때 송현은 사람들이 만들어내

는 소리를 괴롭다 여기고 버티지 못해 도망치듯 저잣거리를 빠져나왔다.

지금에 와서 생각해 보면 자신이 왜 그랬는지 도통 이해하기 어려운 일이다.

막 송현이 악양의 외곽으로 빠져나갔을 때다.

송현의 걸음이 점점 더 더디어져 갔다.

눈앞에 얕은 산등성이가 보인다. 대로 가에 난 샛길로 들어서면 처음 점소이의 안내를 받아 찾아갔던 이초의 거처가 나올 것이다.

"인사하고 가야 하나?"

송현은 잠시 고민했지만 이내 고개를 저었다.

인사를 하고 떠나야 함이 맞겠지만 이초가 그를 원하지 않을지도 모른다.

이미 몇 번이나 이초를 귀찮게 했던 송현이니만큼 선뜻 샛길로 걸음을 옮기기가 쉽지 않았다.

그때였다.

"어딜 가느냐?"

익숙한 목소리가 들려왔다. 그 목소리를 좇아 고개를 돌렸다.

그곳에 이초가 서 있었다.

커다란 나무 그늘 아래 위치한 작은 바위 위에 엉덩이를 걸치고 이초는 송현을 바라보고 있었다.

기척도 느끼지 못했건만 그는 이미 오래전부터 그곳에 앉아 있던 듯한 느낌을 주고 있다.

"아, 수석악사님!"

"그놈의 수석악사는! 따라오너라!"

송현의 호칭이 불만인지 짧게 투덜거린 이초가 말했다. 그리고는 자리에서 일어나 성큼 앞장서 걸었다.

왜 따라오라 하는 것인지 그 이유를 설명하지도 않았고, 송현이 자신의 말을 따를 것인지도 신경 쓰지 않는 듯했다.

고개 한번 돌리지 않고 그냥 걸음을 옮긴다.

송현은 그런 이초의 뒷모습을 바라보다 이내 고개를 절레절레 젓고는 이초의 뒤를 따랐다.

산길을 올랐다.

한가롭게 풀을 뜯던 염소 무리가 초원 먼발치에서 송현과 이초를 바라본다. 이초의 뒤를 쫓던 송현은 어느새 이초의 집 마당에까지 들어섰다.

이초는 마루 맡에 엉덩이를 붙이고서야 송현에게 눈길을 주었다.

"떠나면 무얼 하려 하느냐?"

"아셨습니까?"

이초의 질문에 송현이 반문했다.

이초가 말하는 모습을 보면 이초는 이미 송현이 악양을 떠날 것임을 알고 있는 듯했다.

"네 발소리가 우레처럼 들리는데 어찌 모르겠느냐."

이초의 대답에 송현은 웃었다.

이초의 말뜻이 무엇인지 아직 송현은 이해하지 못한다. 자신의 발소리를 어떻게 듣고 미리 와서 기다렸는지 이해하기에는 이초의 경지는 높고 송현의 경지는 이초에 비해 아직 모자랐다.

대신 처음의 이초의 질문에 대답했다.

"새로운 가르침을 얻으려 합니다."

"…그래, 그렇구나."

이초가 고개를 끄덕인다.

간밤에 음을 나누었다. 송현이 벽 너머의 경지를 엿보았다는 것쯤은 충분히 알고 있다.

이초는 가만히 송현을 바라보다 한숨 쉬듯 고개를 끄덕였다.

"나는 네놈이 그것을 깨닫는 데 평생이 걸릴 것이라 여겼다. 해서 가르침을 주었고, 화두로서 그 방향을 일러주려 한 것뿐이었다. 하나 내 실수했구나."

"무슨 뜻인지요?"

송현이 물었다.

이초가 준 가르침으로 벽 너머의 경지를 조금이나마 엿볼 수 있게 되었다. 그런데 정작 이초는 그것이 실수였다고 말하니 송현으로서는 이상한 일이다.

이런 경우에는 오히려 축하를 해주어야 함이 맞을 것이다.

"네놈에겐 가락이 묻어 있다. 하나 그것은 보통의 예인들의 것과는 다르다. 그 가락이 깨달음을 얻은 선인의 눈엔 선경진기(仙境眞氣)로 보일 것이고, 경지에 이른 무인의 눈엔 선천진기(先天眞氣)로 보일 것이다."

애초에 가락이라 칭한 것 또한 이초의 시선에서 바라본 것일 뿐이다. 이초가 북이 아닌 현악기에 조예를 가졌더라면 이초는 그를 가락이라 표현하지 않고 선율이라 표현했을 것이다.

이처럼 송현의 몸에 밴 기운은 보는 이에 따라 그 정의가 달라질 수 있는 기운이었다.

"네가 그것을 타고난 것인지, 그렇지 않은 것인지는 모른다. 하나 그것이 예사의 것이 아님은 확실하다. 이번에 나의 가르침으로 인하여 잠들어 있던 그것이 깨어났으니 그것은 너를 한시도 가만두려 하지 않을 것이다."

"좋지… 않은 것입니까?"

"모른다. 네게 득이 될 것인지 화가 될 것인지는 아직 확실치 않다. 하나 잠들었던 그것이 깨어났으니 결코 너를 편히 내버려 두지만은 않을 것이다."

"……"

송현은 깊이 생각이 잠겼다.

자신의 몸에 묻은 가락이 화가 될지 득이 될지는 이초도 모른다 했다. 이초가 거짓말을 할 이유는 없다.

송현이 생각에 잠겨 있는 사이 이초가 말했다.

"내 섣부른 판단을 하였다. 미안하구나."

미안하구나.

그 말이 송현의 가슴 깊이 들어왔다. 따스한 온기가 심장을 감싸고 훈훈한 열기가 사지백해로 뻗어간다.

송현의 미간에 저도 모르게 미소가 걸렸다.

"아닙니다. 이렇게 길을 보여주셨지 않습니까."

길을 보았다.

벽에 가로막혀 나아가지 못하던 송현에게 새로운 세상을 일러주었다.

그것만으로도 이초가 베푼 은혜가 결코 적지 않음이다.

"……."

이초는 입을 굳게 닫고 그런 송현을 바라보았다.

"잠시 기다리거라."

그러다 문득 자리에서 일어났다. 방문을 열고 안으로 들어가더니 이내 다시 송현의 앞에 모습을 드러냈다.

방에서 나온 이초의 손엔 북이 들려 있었다.

"왜 악기를 버리지 못하였느냐 하였지? 나는 악기를 버렸다. 하나 내 자식이 남기고 간 악기만큼은 차마 버릴 수가 없더구나."

북!

말을 마친 이초가 북을 찢었다.

맨손으로 한 일이었음에도 북 가죽은 너무나 쉽게 찢어져 버렸다.

"어, 어르신!"

놀란 송현이 소리쳤을 때는 이미 늦었다.

이초가 이미 북을 밖으로 내던진 후였다. 대신 이초 손에는 북 속에 숨겨두었던 물건이 들려 있었다.

그것은 죽간이었다.

말린 죽간의 부피는 북의 크기에 딱 맞을 정도였다. 보통의 송현이 알고 있는 죽간의 수배는 넘을 부피였다.

촤락!

이초는 그것을 바닥에 펼쳤다.

펼치고 나니 그 길이가 이초의 마당을 가로지르고도 남을 정도다.

"이, 이건 무엇입니까?"

놀란 송현이 물었다.

"음보다."

이초가 대답했다.

"그리고……."

이어 말하려던 이초가 잠시 말을 멈추고 숨을 골랐다. 이초의 입술이 파르르 떨리고 있다.

"내게서 자식을 빼앗아간 물건이다."

그저 무림맹주의 음악 선생이 되었다는 이유만으로 자식을 잃은 것이 아니었다. 그것은 겉으로 알려진 사실일 뿐이다. 진실한 이유는 여기에 있었다.

때문에 음악으로 인해 자식을 잃었다 여겼고, 때문에 절음을 선택했다.

그러나 이제는 모두 흘려보낸 일들이다.

"내가 네게 가르칠 것은 이것이다. 하나 그로 인해 너마저 잃을까 두렵구나."

자식을 앗아간 음보.

이초가 송현에게 음을 가르치게 된다면 송현 또한 이 음보를 익혀야 할 것이다.

그리 되면 이번엔 송현을 잃을지도 모른다.

이초의 두 눈이 붉게 충혈되었다.

또다시 누군가를 잃는다는 일은 생각하기조차 두렵다. 그럼에도 이초는 이것을 송현의 앞에 내보인 것이다.

"……."

이초의 말에 송현은 한동안 말이 없었다.

고개를 돌려 바닥에 펼쳐진 죽간을 살폈다. 이초는 음보라 하였지만 그것은 송현이 알고 있는 보통의 음보와는 달랐다.

아이의 그림이 그려져 있는가 하면, 선경과 닮은 심산유곡이 그려져 있기도 했다. 또 어떤 것은 그저 장난스럽게 그어

놓은 듯한 선으로 가득 차 있기도 했다.

혼자서 익히는 것은 무리다.

저 음보를 익히려면 이초 아래에서 음을 익혀야 할 것이다.

이초와 송현은 사승의 관계를 맺게 될 것이다. 그리고 그것
은 송현이 이초에게 소중한 존재가 됨을 의미한다. 이미 소중
한 존재를 잃은 이초이기에 송현마저 잃을까 두려울 것이다.

그럼에도 이초는 음보를 보여주었다. 그 의미와 각오가 결
코 가볍지만은 않을 것이다.

말 없는 송현을 향해 이초가 물었다.

"그럼에도 익히겠느냐?"

송현은 대답했다.

"상관없습니다. 제가……."

송현은 상관없다 말했다. 악사가 음을 익히는 일이다. 두
려워할 것도, 망설일 것도 없다.

"제가 아들이 되어드리겠습니다."

송현이 못다 한 말을 이었다.

"허, 허허허허……."

이초는 공허한 웃음을 터뜨렸다. 두 눈에 물방울이 맺힌
다.

'보내주었다 여겼거늘… 너는 내게 다시 돌아와 주었구
나.'

송현은 이초의 아들이 아니다. 그것을 이초도 안다.

지난밤 나누었던 교감으로 송현이 자신과 닮았음을 알았고, 송현이 살아온 곡절이 안쓰러워 눈물을 흘렸다. 하나 그것도 죽은 아들은 아니다.

하나 송현은 아들이 되어주겠다고 한다.

소중한 아들을 흘려버리고 나니 새로운 아들이 생겼다. 그 아이는 자신과 같이 유난히 외로움이 깊다.

저벅저벅.

이초는 송현에게 다가갔다.

손이 떨린다. 제 몸이건만 왜 이렇게 마음같이 되지 않는지 모르겠다.

그렇게 이초는 송현을 끌어안았다.

"어서 오거라, 아들아!"

노구에서 어디서 그런 힘이 나는지 이초는 으스러져라 송현을 꼭 끌어안았다.

『악공무림』 2권에 계속…

황금사과의 창작공간

http://cafe.naver.com/ goldapple2010.cafe

마 in 화산

魔

FANTASTIC ORIENTAL HEROES

용훈 新무협 판타지 소설

**무림공적, 천살마군 염세악!
검신 한호에게 잡혀 화산에 갇힌 지 백 년.**

와신상담… 절치부심… 복수무한…

세월은 이 모든 것을 잊게 하고
세상마저 그를 잊게 만들었다.
하지만.

"허면 어르신 함자가 어찌 되시는지……."
우연한 만남, 자신도 모르게 튀어나온 원수의 이름.
"그게… 한, 한호일세."

**허무함의 끝에서 예기치 않게 꼬인 행로.
화산파 안[in]의 절세마인, 염세악의 선택!**

Book Publishing CHUNGEORAM

WWW.chungeoram.com

FUSION FANTASTIC STORY
월문선 장편 소설

화려한 귀환

머나먼 이계의 끝에서
다시 돌아온 남자의 귀환기!

『화려한 귀환』

장점이라고는 없던 열등생으로 태어나,
학교에서 당하는 괴롭힘을 버티지 못하고
자살이라는 극단적인 선택을 하게 된 남자, 현성.

"돌아왔다…… 원래의 세계로!"

이계에서 죽음을 맞이하게 된 현성은
자신을 죽음으로 내몰았던 현실 세계로 돌아오게 된다!

고된 아픔들, 그리웠던 기억들.
모든 것을 되살리며 이제 다시 태어나리라!

좌절을 딛고 일어나 다시 돌아온
한 남자의 화려한 이야기!
이보다 더 '화려한 귀환'은 없다!

Book Publishing CHUNGEORAM

유행이 아닌 자유추구 -
WWW.chungeoram.com

FUSION FANTASTIC STORY
건(建) 장편 소설

컨트롤러
Controller

세상에게 당한 슬픔,
약자를 위해 정의가 되리라!

『컨트롤러』

부모님의 억울한 죽음.
더러운 세상에 희롱당해
무참히 희생당한 고통에 분노한다!

"독하게… 살아가리라!"

우연한 기회를 통해 받은 다른 차원의 힘.
억울함에 사무친 현성의 새로운 무기가 된다.

냉정한 이 세상을 한탄하며,
힘조차 없는 약자를 대변하고자
내가 새로운 정의로 나서겠다!

Book Publishing CHUNGEORAM

유행이 아닌 자유추구 -
WWW.chungeoram.com